达拉特蒙汉各族人民，同心协力，

并肩奋战，唱响了一支金色与绿色变奏曲。

——题记

达拉特

金色与绿色变奏曲

乌雅泰 著

民族出版社

序

乌雅泰，年长我几岁，我们相识多年，还在一座楼里工作过。当他把刚完稿的长篇报告文学《达拉特，金色与绿色变奏曲》交给我，嘱请为其作序时，我很是为难。然而，当我看到书名的一刹那，思念家乡的情愫油然而生，达拉特是养育我的故土，又考虑到我们之间的友情，我欣然接受了乌雅泰兄的嘱托。

我调离鄂尔多斯来自治区工作之后，与乌兄相见相聚的机会很少，但我对他的写作还是比较了解。五十多年来，他先后在《当代》《中国作家》《花的原野》，以及台湾《联合报》等报刊上发表多篇小说，出版有多部原创长篇和译作。令人欣慰的是，他自己创作的同时，还汉译蒙或蒙译汉，为蒙汉民族文化交流和民族团结做出了可喜的贡献，被海峡两岸评论界誉为“大陆双语作家”。

由于是家乡，又因为工作方面的原因，我对达拉特旗的基本情况比较了解。

我的故乡达拉特旗国土面积 8200 平方公里，耕地面积 224 万亩，人口 36 万。达拉特资源丰富。煤炭资源探明储量 100 亿吨，预测储量 322 亿吨；芒硝储量居世界第一，探明储量 68 亿吨，远景储量 100 亿吨；石英砂品位为全国同类矿产之首，储量大、埋藏浅，探明储量 4720 万吨，预测储量 8000 万吨。达拉特区位优势明显，地处呼包鄂“金三角”腹地，210 国道、包茂高速、沿黄公路和包神铁路、包西铁路、沿河铁路等交通主干道贯穿全境，形成“三横五纵”公路交通网和“一横二纵”铁路交通网，距离包头机场 22 公里、鄂尔多斯机场 100 公里、呼和浩特机场 150 公里，能够有效辐射“呼包鄂”“晋陕宁”“京津冀”等地区。

库布其沙漠属世界第九，中国第七大沙漠，全长 365 公里，总面积 2641 万亩，其中横穿达旗境内长约 160 公里，面积 5120 平方公里，占库布其沙漠总土地面积的 32.8%，占全旗总土地面积 1228 万亩的 54%。

达拉特旗党委和政府，在各级党和政府领导下，带领全旗各民族人民，几十年如一日地坚持开展群众性植树造林，向库布其进军，改造沙漠，改善农牧业生产条件，发展新型林沙产业，使国民经济有了突飞猛进的发展，农牧民走上了致富道路。作品里有治沙战线上的各级党政领导，有专业技术干部金琦，有农民劳模徐治民，有企业家，有蒙汉族农牧民，有军人，有外国友人 ... 他们的事迹可歌可泣，真切动人，栩栩如生，呼之欲出，令人敬佩。

首先，我认为这是一部充满正能量的主旋律的作品。治沙，保护和改善生态环境，这是全人类共同面对的一个大问题。因为，自然生态环境的恶化，会给地球上的人类和一切生物带来灭顶之灾。这样的题材，值得称赞。

达拉特旗文化底蕴深厚，蒙元文化在这里有厚实的积淀。乌雅泰的这部作品虽属报告文学，却字里行间流溢着蒙古民族源远流长的文化，如成吉思汗保护草原、珍爱动物，生态平衡等理念。作者用寓言手法描写了库布其、响沙湾的形成，思路新颖，寓意深远，意在言外，令人思之又思。

他们依托独特的林、沙、草资源，积极开发生态旅游项目，建成了响沙湾、恩格贝、释尼召、窝阔台、银肯塔拉等多个沙漠旅游景区，创造了可观的经济效益，成为了展示治沙造林成果，推动林沙产业发展的重要载体。

从某种意义上讲，植树造林，改造沙漠，关乎到达拉特旗经济的高速发展，国计民生的大事。全旗共有沙漠面积 493 万亩，已完成治理 170 万亩。达拉特旗党委和政府，及各民族人民，已从昨天的历史和今天的现实中充分认识到了这一点，并坚定不移地付诸行动。我深信，他们会更长久，更科学地开展植树造林，改造沙漠的群众运动，把达拉特大地装扮的更加美丽，更为富饶。

遥祝达拉特父老乡亲吉祥安康，快乐幸福。

祝愿乌雅泰兄才思敏捷，佳作频频面世。

雷·额尔德尼

二〇一七年八月于呼和浩特

目 录

第一章

在王爱召，旗长说出了一个惊人的数字

春天，像缓缓流淌的河水，像徐徐拂面的轻风，悄无声息地来到了达拉特大地。黄河开流了，柳枝泛绿了，向阳的坡下已经长出了鹅黄色的嫩芽。

阳光明媚、风和日丽的这一天，我前往达拉特旗王爱召。

我向往王爱召已有多年。向往的原因，主要有两个。

首要的原因是，王爱召与成吉思汗有关，在蒙古历史上有它辉煌的一页。

王爱召，是成吉思汗八白宫集中之地。15 世纪中叶，鄂尔多斯部大批进入宝日陶亥时，漠北的四大奉祀之神与鄂尔多斯的白宫合并，使八白宫全部集中于鄂尔多斯。随着蒙古王朝及守护部落的变迁，八白宫辗转南北，因政局不稳，成吉思汗八白宫随守护者鄂尔多斯部在河套地区迁动。约 1520 年以后，在博迪阿剌克可汗时期，成吉思汗八白宫随巴图蒙克达延汗的四子巴尔斯博罗特（1488—1531）

的长子衮必里克墨尔根1531年袭任鄂尔多斯济农后进入黄河南岸的乌兰淖尔附近。巴尔斯博罗特的后代额璘臣于1627年袭任鄂尔多斯济农后，为了管理和祭祀方便，将成吉思汗八白宫安放在他父亲博硕克图济农灵塔所在的王爱召附近供奉。1649年，随额璘臣济农王府的搬迁，成吉思汗八白宫迁至鄂尔多斯左翼中旗，即郡王旗。因此，成吉思汗八白宫迁往伊金霍洛之前，在达拉特境内至少集中供奉一百多年，为达拉特留下独特的成吉思汗祭祀文化。

窝阔台汗祭祀圣地。窝阔台为成吉思汗三子，继成吉思汗之后于1229年即大汗位。窝阔台汗于1241年去世，1246年其子贵由即位后为父建立祭祀白宫，与成吉思汗白宫一同供奉。后来，窝阔台汗的祭祀宫帐供奉在鄂尔多斯左翼后旗（达拉特旗）赞丹召附近的哈拉扎台。鄂尔多斯人称它为“窝阔台伊金”。据史料记载，窝阔台伊金宫帐在达拉特旗王府之西南约三十里，“有较大于普通之蒙古包一座。包之北面，且有看守此包之达尔扈特人住屋数楹。盛窝阔台骸骨之银棺，即置于此包中，棺之形式与现代普通寿器迥然不同，乃一矩形银箱。其体积长约二尺余，宽高各约一尺余。置于石砌之台上。其前设有供桌。桌上置有多种银制祭器。且有海灯一盏，不论昼夜，燃点不熄。窝阔台奉祀之神，还有一柄苏勒德，为三叉式神矛，希勒彼（柄）为一丈多，用枣骝公马鬃作缨子。窝阔台白宫，一直由达拉特部专门的达尔扈特守护、祭祀。窝阔台伊金祭祀，形成一整套祭祀制度。守护达尔扈特每日举行例行祭奠，农历每月初一、十五举行月祭。季祭于正月初三（香火祭）、四月初三、七月初三、十月初三举行。原七月初三举行的秋祭为由盟长参加的大祭。窝阔

杨勇供稿

台伊金哈日（黑）苏勒德，每逢龙年农历八月二十四日，即窝阔台汗的生日，举行威猛大祭，用四十五只全羊进行供奉。

王爱召，是伊克昭盟建盟之地。1636 年（明崇祯九年），漠南蒙古十六个部，包括鄂尔多斯在内的四十九个封建领主承认后金皇帝皇太极为合汗，后金改国号为清。之后，清朝在蒙古地区实行盟、旗制度，严格控制蒙古地区。1649 年（顺治六年），清廷派臣到鄂尔多斯济农所在地，今达拉特旗境内的王爱召，将鄂尔多斯划分为六个旗，设六个札萨克，并六旗札萨克王爷会盟于王爱召，六旗合为一个盟，即成立伊克昭盟。1736 年又增加一个札萨克，从而伊克昭盟下属七个旗。

成吉思汗的后人，为了缅怀先祖成吉思汗，在其陵寝所在地又建造了寺庙。史料记载：“若有所恋，故后来蒙兀儿人作庙其地祀之，即今之伊克召也。”伊克召，也就是今天的王爱召。

1613 年（万历四十一年），鄂尔多斯济农博硕克图在黄河南岸乌兰淖尔建立了鄂尔多斯第一座召庙——“乌哈尼格巴达日古拉格齐”庙，俗称王爱召或伊克召。博硕克图济农去世后，在王爱召为他建立了灵塔。博硕克图之子额璘臣于天聪元年（1627 年）袭任鄂尔多斯济农后，为了管理和祭祀方便，将成吉思汗八白宫安放在他父亲灵塔所在地王爱召附近供奉。

清朝实行盟、旗制以后，济农这个职位不再是集政务、军务于一身的鄂尔多斯最高统治者，而只是管理成吉思汗八白宫及守灵人达尔扈特事务的职位。但在鄂尔多斯，历代济农基本都是由盟长兼任，使成吉思汗八白宫及其他神物管理、祭祀事务得以重视。

额璘臣虽是伊克昭盟盟长，但清朝时期没有专门盟长官署，旗札萨克兼任盟长，即旗王府也就是盟官署。额璘臣被封为鄂尔多斯左翼中旗（郡王旗）札萨克，离开属于左翼后旗（今达拉特旗）的王爱召。作为鄂尔多斯济农的额璘臣，为了便于对成吉思汗八白宫的管理和祭祀，就将八白宫由黄河南岸的王爱召迁往自己的封地——鄂尔多斯左翼中旗，并将成吉思汗八白宫及苏勒德等奉祀之神，安奉在巴音昌霍格河畔的草地上。从此，这个地方被称为“伊金霍洛”（圣主的院落），也就是如今的成吉思汗陵园所在地。

我向往王爱召的第二个原因是，王爱召与我的一部长篇小说《喇嘛哥哥》有些关系。那部长篇小说，我是听了达拉特旗民歌《喇嘛哥哥》后受到启发而写就。而第一次听这首歌，是贺政民唱的。贺政民兄曾与我在一个班子里工作过，是我敬重的文友、兄长。贺政民兄的首部长篇小说《玉泉喷绿》，是他在达拉特旗工作期间写成的，是达拉特旗、也是鄂尔多斯地区正式出版发行的第一部长篇小说。贺政民兄不单文学创作成绩斐然，书法领域里的成就也令人叹服。然而，我对他的歌喉委实不能恭维。可他是个怪才，一激动就唱歌，而且永远都是那一首《喇嘛哥哥》。一年，玛拉沁夫携妻子娜仁来鄂尔多斯。贺政民兄做东请玛拉沁夫两口子，也叫了我们几个文友作陪。当年，在内蒙古人民出版社工作的娜仁大姐，是出版贺政民另一部长篇《黄河儿女》的编辑室主任。于是，贺兄怀着感激之情，唱了他最拿手的歌《喇嘛哥哥》。老贺唱得很认真，很投入，时而微闭双眼，时而摇头晃脑，手上也有动作。贺兄唱的有浓重的陕北腔，别说京城来的玛拉沁夫两口子，就是我这个来鄂尔多斯有些年头的人也听不太懂歌词。于是贺兄把词慢慢念出来，并作了解释。

上房瞭一瞭哎
瞭见了王爱召
二妹妹捎话话
要和喇嘛哥哥交

喇嘛哥真不赖
八字胡胡秃脑袋
紫红袍袍黄腰带

二妹妹我实心心爱

喇嘛哥哥好心肠
半夜三更送冰糖
冰糖放在枕头旁
紫红袍袍伙盖上

喇嘛哥哥人样好
喇嘛哥哥嘴又牢
来得迟来走的早
三年五载谁也不知道。

听了贺政民老兄的介绍，我真切地理解到纯洁的情感，是超越僧俗之别和民族差异的。几年后，我以此体会作依托，创作了《喇嘛哥哥》。

如今的王爱召镇，因为这里曾经有过著名召庙而得名，全镇面积三百七十多平方公里，人口不到三万，没有二三十户或上百户人家集中的村落。

我去寻找被日本侵略者夷为平地的王爱召旧址。来之前我就打定了主意，即使王爱召就是一片废墟，我也要去瞻拜。因为，那里是曾经祭祀过我圣主成吉思汗的神圣的地方。

经过几番打问，终于找到了王爱召旧址。

因为遭到日本侵略者的轰炸、焚烧、掠夺，二十多年之后又遭到“文化大革命”无情的浩劫，别说断垣残壁，就连一块完整的砖头瓦片都看不到了。这儿那儿堆放着为召庙建筑特制的瓦片和砖块，各种杂草在微风中悲切地摇曳着。令人惊奇的是，召庙旧址竟然有半人高的围墙。这可能是王爱召遭受两次劫难之后，后人为保护这神圣的旧址而垒起的吧。

走进围墙内，看见十来个年龄不等的男男女女，在一处土坡上跪地膜拜着，他们身边还有一只活羊。我从远处观望着，他们中的一人起身，向我这边走来。他问我，是城里来的吧。显然，他并不讨厌我在这里观望。我说是的。我问他，他们是在做什么。他告诉我说，他们是在许愿。

我们走到围墙外，我问及王爱召的昨天和今天时，他指着西南

张步恒摄

方向三四里外的兴建中的建筑群说，那是东达蒙古王集团新建中的王爱召。那里被绿色的安全网罩着，新建中的建筑物已有二层楼高了。

我在心中默默祝愿，崭新的王爱召以雄伟壮观的新姿及早矗立在达拉特大地上。

我又回到王爱召镇上。从达拉特旗旗府所在地树林召过来的公路从这里通过，延伸到白泥井、吉格斯太，又连接了康巴什到呼和浩特的高速公路。

公路两侧是镇政府的部门和商铺，虽说没有高楼大厦，每一个

白云飞摄

门面都很整洁。

我正沿着马路漫步的时候，突然，有一辆车停在我身旁，从车上走下一个人，使我惊喜万分。

“乌老师你好。”

来者是达拉特旗旗长奇·达楞太。他是我的老朋友，因为年龄差距较大，他一向尊称我为老师。

我们寒暄过后，我问：“你这是去哪儿呀？”

“现在正是全旗植树造林季节，我去白泥井、吉格斯太看一看。乌老师，你在我们镇里待几天？”

“我一会儿就回树林召，下午回康巴什。”

“这么急啊，那我们中午在这儿吃一顿饭吧。”

“不行，树林召的几位朋友等着我相聚哩。”

奇旗长看了看周围，说：

“那我们就喝着茶聊一会儿吧。”

于是，我们走进路边的一家奶茶馆。

奇·达楞太从成吉思汗陵园管委会主任岗位上调任达拉特旗旗长已有三年光景。这期间，我们很少有机会相聚。我们喝着浓醇的奶茶，无边无际地敞开聊。他问我的写作，我问达拉特旗的情况。当我问及达拉特旗经济发展情况时，奇旗长笑着说：

“乌老师，我们达拉特旗国民经济状况如何，我只告诉你一个数字，你就全明白了。截至去年，我旗国民经济，比改革开放前增长了 915 倍！”

这个数字令我十分震惊，我感叹道：

“那么快，这么多倍啊。这种发展速度，你们靠的是什么啊？”

“当然，首先靠的是党的政策。如你所知，世界闻名的库布其沙漠，覆盖着我们达拉特旗大部分土地，严重影响着农牧业生产和其他产业的发展。多年来，我们坚持开展植树造林、治理沙漠的群众运动，改善了生产条件，带动了各行各业的迅猛发展……”

回到家里，奇·达楞太的不凡谈吐、音容笑貌一直萦绕在我耳旁，浮现在脑海中。

我与达楞太相识于朋友的家宴上。达楞太虽然说不上高大魁梧，却极具蒙古汉子的相貌特征。他浓眉大眼，脸上总是流露着真诚与友善。他的酒风如其人，不张扬，不狂躁，不摆谱。他不时离开座位，到宴席乐队中间，交替着弹拉四胡、扬琴、手风琴、电子琴等乐器。蒙古人的酒席，有不成文的规矩。那就是，除了辈份之外，大家都一律平等，同享同乐。达楞太这种表现，深得席宴上所有人的赞赏。

在后来的交往中，我才知道，达楞太当过人民教师，当过校长。这个职业，为他将来的人品、为人处世、敬业等品格构筑了良好的思想基础。他热爱自己的民族，热爱母语，珍爱民族传统伦理道德与文化，关爱下一代。他在百忙之中，正在与他人合作编写蒙古族传统文化习俗的一本书。

我回想着奇·达楞太的点点滴滴，最终还是那个响亮的数字——“915 倍”，久久萦绕在我的耳际，使我的心情无法平静。于是，我下定决心，大书特书达拉特旗各族人民几十年坚持植树造林，治理沙漠，带动全旗各行各业迅猛发展的宏伟大业。

第二章

柴登，一位蒙古老人的绿色梦

柴登，是达拉特旗昭君镇的一个嘎查，是蒙古族人比较集中居住的村落，蒙古族历史文化在这里积沉得比较厚实。

四十年前，因工作需要，我与时任伊克昭盟盟委副书记的赵旭同志一起来过柴登一次。

善良、真诚和热情，是装不出来的。劫后余生的受害群众，听说盟委书记来看望他们，有的提着现杀的羊，有的提着当时极为珍贵的“绿圪蛋”（鄂尔多斯白酒）来到大队，与赵书记相会。这是个别开生面的座谈会。

赵书记与我同乡，是地道的蒙古人，他的蒙古语日常会话可以，流行的政治术语他不行。他没有四平八稳的套话，用朴素的语言表达了盟委、行署对受害群众的关怀和慰问。

宴席开始了。座谈在宴席上继续着。

一只硕大的全羊端了上来。一位高大魁梧、浓眉大眼、身着亮丽蒙古袍的年轻人念诵起《全羊赞》：

它那宽厚的脊背，
就像广袤的宇宙。
它那肥大的四肢，
就像四大部洲。
它那高昂的头颅，
就像须弥山头。
它那挺拔的长骨，
就像山上的檀香树。
把那首席的全羊，
摆放在亲朋贵客前。
把那醇香的美酒，
斟满闪光的杯中。
有禄有福的客人们，
请尽情地享用。

我目不转睛地注视着祝颂人，他的神态给我一种似曾相识的感觉。

“老乌，你不认识他吗？”坐在我身边的大队支书见我盯视着祝颂人，他问我。

“不认识，但有点面熟。”我说。

靳晓荣摄

支书笑了笑说："你总该认识盟里的邬丽生吧？"

邬丽生，蒙古名叫哈日妮敦。我当然认识，而且相当熟悉。她就是这柴登嘎查的人。她当过盟歌舞团团长，文化局局长。她会讲普通话，口齿伶俐，相貌俏丽，她的报幕和主持晚会，曾受到乌兰夫主席的表扬。

"我认识。"我说。

"这个念诵祝词、卸全羊的年轻人叫森布尔，是邬丽生的亲弟弟。”

噢，我说那么眼熟，原来是邬丽生的弟弟。

座谈宴席上，赵书记不断询问着受害家庭的生产、生活、健康、医疗、经济状况、子女安排等情况，并认真记在笔记本上。

一对男女手捧银白色哈达，唱起《紫檀色的马》，给赵书记敬酒。

哈达图泉的流水哟，
顺着山沟潺潺流淌。
在疼爱中长大的我们哟，
全凭那母亲的哺养。

额尔格图泉的流水哟，
绕着那崖头潺潺流淌。
在宠爱中长大的我们哟，
全靠那父母的抚养。

奈曼泉的流水哟，
向着那太阳潺潺流淌。
在幸福中长大的我们哟，
全凭那父母的培养。

芒哈图泉的流水，
顺着那沙湾潺潺流淌。

在襁褓中长大的我们哟，
全靠那母亲的教养。

赵书记不吸烟，不饮酒。他站起来接过银碗，只象征性地抿了一下。

宴席延续到午夜，大家才依依不舍地散去。

第二天喝过早茶，我们和牧民们告别，踏上了返回盟里的路。当年，那条路是伊克昭境内唯一的一条柏油路。但路面不如现在的平坦，北京牌 212 吉普不停地颠簸着、摇晃着。赵书记微闭双目，随着车身摇摆着，不时长出一口气。我很了解他此时此刻的心情。昨晚那别开生面的座谈，牧民们向他的倾诉，可能使他回想起了一生中不堪回首的一幕。在内蒙古的“挖肃”运动中，赵书记也曾被打成“新内人党”，被关进了“牛棚”，受到严厉的“逼、供、信”，双耳严重失聪。他办公室的电话铃声和听筒，是电信部门进行过特别改装的，声音很大。他参加会议，都戴着助听器。毫无人道的“牛棚”生活，使他双耳失聪只是个表相，更严重的是在他体内留下了隐患。他被组织上派去中央党校学习，工作和职务再上一个台阶的关键时候，潜伏多年的隐患发作了，使他英年早逝，我们的党失去了一位有知识、有魄力、忠诚于党的事业的好干部。

赵旭书记回到盟里以后，专门找来落实政策办公室的负责人，要他尽力妥善解决受害群众的具体困难。

四十年过去了，我又踏上了前往柴登的路。这次与我同行的，是达拉特旗原政协副主席白永同志。我之所以与他同行，首先是，经过我多方打听得知，在库布其沙漠里最早种树的是白永的父亲。

其次，柴登是白永的故里。与白永同志相识后才知道，原来，我们是校友，且又同庚，都属羊。于是，温顺的两只蒙古绵羊相见恨晚，友情迅速升温。

今天的柴登，较之四十年前，已经有了翻天覆地的变化。裸露的沙丘沙梁沙包不见了，不毛之地的明沙上，如今长满了沙柳、柠条、沙蒿，放眼四望，一片绿色。当年的土坯房不见了，到处都是窗明几净的砖瓦房。许多农牧民门前院内，停放着小轿车、卡车、农用汽车或是摩托车。

白永兄的父亲，名叫塔宾太，出生于19世纪末，老人家健在的话，已经年近一百二十多岁了。在如今的柴登，知道塔宾太老人的人除了亲戚几乎没有了。已经有八十多岁的一位老者是塔宾太的远房亲戚，他给我讲述了塔宾太老人开始在沙漠里种树的故事。而且他一再申明，他是从自家老人们那里听说的。

四村古旱柳（树龄 130 年） 达拉特旗林业局供稿

民国初期，塔宾太正值年轻力壮。一年的阳春三月，他家的一峰骆驼走失了。草原上，尤其是荒漠草原上，牧民的牲口走失是常有的事。牲畜走失了，有的过两天后自己回来，有的却回不来，那可能是在沙漠里迷失了方向，饿死冻死了，或被猛兽捕食了。在柴登草原上，牛马羊很少有走失的，因为它们都非常惧怕沙漠，就像不会游泳的人不敢涉水一样。而骆驼和它们不一样。它们对自己的生存能力很有信心，它们敢闯沙漠。塔宾太的那峰骆驼走了四五天还没回来，他只好走进沙漠去寻找。早晨，他奶茶泡冷肉和炒米吃了个饱，出发时又喝了半个盘龙碗酥油。酥油是好东西，喝了它走进沙漠，使人耐渴，还能承受风吹日晒带来的困顿。他不知道自己翻越了多少个沙梁沙丘，到了第三天下午才找见了那峰骆驼的踪迹。塔宾太高兴地顺着踪迹寻找过去。带的干粮和水吃喝完了，他艰难地顺着骆驼留下的踪迹往前走着。到了傍晚，突然刮起了大风，沙尘扬起，天昏地暗。骆驼踪迹被埋没了，他连东南西北都辨不清了。沙尘暴及早地拉开了夜幕，疲惫不堪的塔宾太，找到一处避风的沙窝子躺下，肚子叽哩咕噜地响着，嗓子都快要冒烟了。夜风呼啸着，沙粒拍打着他的脸，像针扎一般生痛。他蜷缩在沙地上，对死亡的恐惧袭击着他的脑海。风沙这样刮下去，我会饿死在沙漠里，就算饿不死，明天风停了我也走不出这沙海，会困死在这里。当一个人身处绝境的时候会想些什么呢？漂泊在大海里的人，可能想见到一条大船，被狼群包围的人，可能想得到一支猎枪……

塔宾太怀着无助与绝望，迷迷糊糊地入睡了。睡梦中，他看见金黄色的沙漠披上了绿装，牧场绿了，田野绿了，丛林里百兽窜动，蓝天上百鸟歌唱……突然，他感觉到光滑而又热乎乎的东西摩擦他的脸。他想睁开眼睛看一看。但是，眼皮很沉重，怎么也抬不起来。那湿漉漉的物体仍在他面颊上游动着。他最终睁开了眼睛，看见的竟然是他那走失的骆驼找见了他，用舌头舔舐着他的脸，想把他从睡梦中弄醒。

塔宾太醒来了，却站立不起来，他浑身没劲，沙子已经埋到了他的腰部。骆驼极通人性，它清楚主人的处境。它用两个前蹄刨去主人身上的沙子，又卧倒在主人身边，塔宾太挣扎着爬上了骆驼的双峰之间。

回到家里，风沙之夜的那场梦，骆驼对他的施救，一直萦绕在塔宾太的脑海里。沙漠、沙尘暴如此这般地作孽下去，别说牲畜，人也会被逼上绝路。塔宾太下决心要在自家周围的沙漠里种树，与沙漠抗争，为家人和牲畜夺得生存权。下了决心，第二天他就赶着一只羊去了黄河北面的河套，换来了二十棵树苗，小心翼翼地栽进了沙漠，到了第二年的春天，那些树苗不但没活一棵，有的还被风沙连根拔了出来。

塔宾太的倔劲上来了，他不信这个邪，又赶着羊去换来了五十棵树苗。经过认真观察和仔细思考，他找了一个盆地，把树苗栽了进去。盆地里风力小，地下水位也相对高一些。第二年的春天，许多树苗干枯了，唯有一枝上长出了一片嫩绿的叶子。塔宾太乐了。他悟出了一个道理：沙漠里也可以栽活树。

塔宾太一年一年地坚持种树，数量一年比一年增加，成活率一年比一年增高。

生活在沙漠里的人谁都知道沙漠里的绿色对他们的畜群、对他们的生活意味着什么。人们纷纷前来，向塔宾太请教、取经，开始在自家周围栽树。

塔宾太在沙漠里种树成功的消息，不只是在柴登，在中和西、蓿亥图、吉格斯太，传遍了整个达拉特大地，向沙漠进军的队伍日益壮大。

塔宾太老人于 1983 年与世长辞，终年八十多岁。他没有留下奖状奖牌，没有荣誉证书，只是让乡亲们领悟到了一个浅显而珍贵的道理，那就是：沙漠里也可种活树，人类可以改造沙漠。

第三章

历史是凝固的，奔向未来要跃马扬鞭

九曲黄河，从青海巴颜喀拉山脉奔腾而来，她一路咆哮，一路翻滚，带着一朵朵银白色的浪花，掀起一阵阵欢声笑语，不知疲倦，向着太阳升起的东方驰去。它绕过六盘山麓，徐徐缓缓地流到阴山脚下，向北拐了一个弯，形成了“几”形，又向东流去。黄河一路翻翻滚滚，弯弯展展，为什么流到这里就变得波平浪静、温柔多情了呢？有人说，那是黄河在向“一代天骄”成吉思汗敬献金色的哈达；还有人说，那是母亲河把成吉思汗的子孙后代搂抱在温暖的怀抱里，并为他们呵护着这里的丰厚物产。

达拉特旗是一方神奇的土地。所辖八个苏木镇中，有六个紧贴黄河南岸，沿河边界长达三百余里。

黄河，是中华民族的发祥地，是炎黄子孙的母亲河，是华夏文明之树绵延不断的根。

蒙古人称黄河为哈屯高勒。哈屯，泛指高贵的母性，如皇后、夫人。蒙古族的称谓，不是比喻或形容，而是实名。是他们从自身千百年的历史、文化、生产和生活体验中总结出来的，是极具感恩、爱慕、敬仰的称呼。

清代时，准格尔的楚格拉大会是鄂尔多斯最负盛名的蒙古族传统节日，届时，整个鄂尔多斯草原的蒙古人不远百里赶来，参加这一盛会。在这一盛会开始前，所有蒙古族人都要向哈屯高勒的方向叩头祭拜。

哈屯高勒，是蒙古人对黄河的称谓。早先，蒙古人称黄河为哈拉木伦。自成吉思汗哈屯古尔伯勒津郭斡跳入黄河自尽后，就改称为哈屯高勒了。过去，鄂尔多斯草原上流传着一个家喻户晓的故事，蒙古史籍《蒙古源流》《黄金史》《黄金史纲》《大黄史》《宝贝念珠》《绥远通志稿》以及国内外学者对此都有记述。俄罗斯学者裴尔基瓦勒斯科的调查报告尤为详尽。故事的主要内容为：成吉思汗征服西夏后，近臣们都热情鼓动大汗将西夏国王失都尔忽汗的妃子古尔伯勒津纳为妃子。古尔伯勒津郭斡是个绝代美人，主上以及所有属臣无不惊诧于她的美貌。古尔伯勒津贞节观念极强，不愿身伺二主，她委婉地对成吉思汗说：我的容颜已为您的兵尘所污染，若和先前比起来，已大为失色，今若能在水中沐浴一番，将会更加艳丽。成吉思汗深信不疑，便让她去水里沐浴。古尔伯勒津行至黄河边，给父亲留下一封信，便投河自尽了。士兵们把信交给大汗，信是写给古尔伯勒津的父亲赵氏沙克扎旺吉的，信中说："我将死于此水，我的尸体，勿顺流寻找，当溯水而寻。"

作者夫人杨柏秋刺绣.成吉思汗肖像

成吉思汗令近卫军将士们和古尔伯勒津的父亲一同寻找古尔伯勒津的尸体，终于在今达拉特旗境内的黄河边找到了古尔伯勒津的衣服和鞋子，于是禀报了成吉思汗。成吉思汗下圣旨，令将士们“就地埋葬”。将士们遂将古尔伯勒津的衣物装在铁箱内，就地埋葬。众将士每人掘土一锹，堆积成高大的坟冢。时鄂尔多斯为西夏属地，西夏人已汉化，依古尔伯勒津之父赵氏沙克扎旺吉之姓氏，将坟冢称其为赵君坟。蒙古人称此为帖木尔·鄂勒胡·道斡，道斡意为土岗或山岗，帖木尔意为铁，鄂勒胡意为寻找，意思是“土岗下面可以寻找到铁箱子”。时光更迭，以后因谐音，被人们唤作昭君坟，与历史上著名的王昭君混为一谈。

古尔伯勒津用生命彰显了忠贞不渝的贞烈节操，受到了成吉思汗及其近臣们的敬佩。他们认为古尔伯勒津是被水神带走了，为的是让她回到地母的身边。于是，古尔伯勒津被追认为哈屯。按萨满教的观念，天是父亲，地是母亲，地上的河流、山岳都有其神灵，于是，把古尔伯勒津哈屯殉节的黄河命名为哈屯高勒，以此纪念古尔伯勒津。哈屯是夫人的尊称，高勒意为河流，哈屯高勒即是夫人河之意。哈屯高勒受到了蒙古族人的隆重祭祀，清代时，成吉思汗后裔们在过黄河时，必先到河岸高地之上朝着黄河行礼叩拜，焚化、祭祀食物，以祈求夫人谅过河不敬之举，之后才能上船渡河，这一风俗，直至今天还依然保留在鄂尔多斯的蒙古民族中。

成吉思汗八白室中的一室内供奉着古尔伯勒津哈屯。古尔伯勒津哈屯的白室一直供奉在准格尔旗的布尔陶亥，与牧放在准格尔草原上成吉思汗的白骏以及供奉在大路黄河岸边的圣祖的奶桶一道，成为准格尔人最圣洁的圣物，数百年来受到准格尔各族人民隆重的敬奉，直到中华人民共和国成立后，新成吉思汗陵落成，才迁往伊金霍洛。

达拉特旗总面积 8200 平方公里，沙漠或半荒漠却占去了总面积的百分之七十，严重影响着农牧业的发展。

新中国成立以来，伊克昭盟（今鄂尔多斯市。经国务院批准于 2001 年撤盟设市，以下同）党委、行署，以决定、通知、决议、纪要、指示等各种形式，不知下发过多少关于种树种草、治理沙漠的政令，达拉特旗也有自己的政令，现在已经无法统计。但是，并没有引起大多数领导干部和基层干部的足够重视，没有变成广大农牧民的自觉行动。

20 世纪 60 年代到 70 年代初，伊克昭盟在“以粮为纲”方针的指导下，喊出了一个既不科学又不切合实际的口号：“我们也有两只手，不吃国家亏心粮”，先后搞了两次大开荒。其结果是，耕地面积扩大了，单产下降了；牧场缩小了，草质降低了。一开始人们还没有认识到问题的严重性，甚至没有弄清利弊得失，还在不断地开荒，不断地增加牲畜头数。草场、农田大面积沙化，各民族群众的温饱问题一直得不到彻底解决。

时任中共伊克昭盟盟委书记的暴彦巴图，是一位善于思考、作风严谨、勤于调查研究、关心群众疾苦的领导干部。他经常带领一班人深入农村牧区，走遍了伊克昭盟的每一个角落，总结了人民群众治理沙漠、战胜风沙的智慧和经验，多次召开领导班子讨论会、现场会、三级干部会、甚至四级干部会，不但他自己讲，还让农牧林水技术人员讲、让基层干部讲、让治沙模范讲。经过三年的实战和比较，终于在1964年归纳出了“种树种草基本田”的七字诀。多年来，这七字诀一直是伊克昭盟人与天斗、与地斗、治理沙漠、改善农牧业生产条件的强大思想武器。在那个年代，暴彦巴图同志一次在干部大会上说过一句话：“我现在才知道牲畜是吃草的。”表面上看，这是连三岁小孩都知道的常识。但它却包含着深刻的哲理，是人的认识由感性上升到理性的飞跃过程。从本质认识到牲畜要吃草，才能自觉地去种树种草，改造沙漠，改善农牧业生产条件。

当年的达拉特旗党委、政府，认真贯彻执行了“七字诀”，并根据本旗的具体情况，制定了行之有效的植树造林、改造沙漠的措施。大力宣传植树造林、治理沙漠的重要性、紧迫性，提高广大干部和农牧民的思想认识。每年的春秋两季，都适时开展群众性的植树造林活动，旗党政领导、公社乡苏木领导都带头参加，而且几十年如一日地坚持了下来。

达拉特人，有保护草原牧场，保护草原生态的优良传统。尤其是这里的蒙古人，由于历史文化和从事生产的方式等各种原因，他们保护草原、建设生态环境的意识尤为强烈。在历史文化方面，蒙古人信仰佛教已有悠久的历史，不杀生，是佛教的核心理念之一。这个理念，对蒙古人的为人处事、爱护大自然、适应生存环境等诸多方面，都有着巨大影响。就是到了人类社会步入现代文明的今天，许多相信唯物主义的人们也不例外。因为，佛教的许多理念，与现代文明、现行法规并不相悖。因为成吉思汗的陵寝在达拉特的王爱召被供奉、祭祀多年，成吉思汗保护草原生态的思想影响非常突出。成吉思汗保护草原生态的许多理念和法规，都写在《大札萨》里。如，“草绿了以后，要禁止挖土动地。”挖土动地，会伤害土地的表层。土地表层如人的皮肤一样，那里有多年积存下来的黏土。营养十分丰富，一旦遭到破坏，就会沙化或水土流失，很难治理”；“严厉禁止失火纵火烧草原，违者满门抄斩。”草原上一旦失火，大面积的草原被烧毁，牲畜、野生动物、禽类会失去食物来源，可能要出现人畜死亡的现象；正月到六月的时间里，不得捕杀有身孕的动物”。这是为了有节制地狩猎，保护野生动物，保证它们的繁殖，保护草原生态的平衡。七百多年过去了，成吉思汗保护草原、维护生态平衡的思想意识，一直发挥着巨大的作用。在这一方面，达拉特的蒙汉族人民并没有差异。

中华人民共和国成立后，一首歌谣里唱道：

打鱼划划渡口船，

渔米之乡大树湾。
吉格斯太到乌兰，
海海漫漫米粮川。

这便是达拉特旗繁荣富庶的真实写照。进入新世纪以来，随着西部大开发和呼包鄂城市群的快速崛起，达拉特旗经济、政治、文化、社会、生态各方面取得了全面进步。这里成了名副其实的“金三角”地区。然而很多人并不知道，达拉特 8200 平方公里的土地，曾有将近一半的地区是浩瀚荒凉、人迹罕至的大沙漠——库布其沙漠。它在过去的一个很长时期曾严重威胁着达拉特人的生存，给人们带来无穷的忧患。中华人民共和国成立后，在党和政府的领导下，达拉特旗 30 万儿女发扬自力更生、艰苦奋斗的精神，年复一年与荒沙进行着顽强的抗争，终于降伏了滚滚黄龙，使大片移动沙漠得到了有效控制，自然植被得到了普遍的恢复，座座沙丘变成林涛起伏、芳草遍地的绿洲。唱响了人与自然和谐共存的赞歌。

现代达拉特人，不但有传统的保护草原意识，还在科学发展观的指导下，把传统意识和先进的科学思想结合起来，科学地种草种树、治理沙漠，努力使林沙产业和农牧生产得到同步协调发展。他们治理沙漠，不再是简单的种种树，而是为了草原的生态平衡，人畜与大自然的谐调。思想观念有了根本性的转变以后，过去不敢想的事情现在敢想了，过去不敢做的事情现在敢做了。

观念的转变是一场革命，而且是极其深刻的伟大革命。植树造林，治理沙漠，给草牧场基本建设、基本农田的建设带来的变化最为显著。

据达拉特旗统计局调查结果显示，2016年全旗粮食作物面积82063公顷，比上一年减少1197公顷，减少了1.4%。耕地面积压缩了，粮食总产量却达到了583180吨，比上一年增加2141吨，增长0.4%；粮食作物平均单位面积产量每亩473.8公斤，比上年每亩增加8.6公斤，增加1.8%。耕地总面积压缩了，粮食总产量却增加了，每亩地的单产也提高了。这些无可争辩的事实有力地证明植树造林、改造沙漠、大搞防林建设、遏制风沙灾害所带来的好处。

我们再看畜牧业方面。截至2014年，牲畜总量达到204.3万头（只），同比增长2.1%。其中，羊的饲养量192.4万只，奶牛存栏2.2万头，猪饲养量5.9万口，肉类总产量39671.8吨。畜牧业生产，与传统的养殖方式有了明显的改变，圈养的数量在逐年提升，禁牧的牧场面积逐年扩大，牲畜的质量稳步提高，肉类总产量也在逐年增加。

在达拉特旗蒙汉各民族人民坚持不懈、艰苦奋斗下，造林面积逐年扩大，光秃秃的明沙不断缩小。

绿风吹遍了达拉特大地，带动了全旗各行各业的迅猛发展。

我们再看达拉特的交通事业的发展。

我于20世纪60年代初学校毕业后来到鄂尔多斯工作。在这五十多年里，不知有多少次路经达拉特旗树林召，北上横渡黄河，去包头、呼和浩特、北京，还去全国各地和回故乡探亲。那个年代，每过一次黄河，我都很犯愁。夏天还好些，人和汽车通过渡轮摆渡到黄河北岸。到了秋末冬初，黄河开始流凌，河水没有完全封冻，那就无法轮渡了。那时候，东胜有个简易机场，先坐上美国人喷洒

黄河大桥　　张步恒摄

农药的只能乘坐十来个人的小型飞机到包头，再乘坐其他交通工具。河面彻底封冻了，汽车才可以直接通过。到了 70 年代中期，黄河上有了浮桥，那是用多条拖轮连接起来的桥体，虽说那浮桥摇摇晃晃，车辆行驶缓慢，但畅通无阻。到了 80 年代，黄河达拉特段修建了第一座大桥。如今，达拉特旗境内已有五座大桥，铁路、高速公路从这里经过，成为内蒙古金三角——呼和浩特、包头、鄂尔多斯的连接纽带。

如今的达拉特旗树林召有了火车停靠站，可以通往全国各地。公路交通更是四通八达。截至目前，全旗公路总里程达到 2516.98 公里，其中，公路黑色化里程达 1469.109 公里，已初步形成了“三横五纵”。三横为，阳巴线达拉特旗段、马呼线、沿黄一级公路；五纵为，210 高速公路及其辅道、乌漫线、解柴线、德敖线、萨德线。形成以公路干线为骨架，外通周边，内连乡镇，辐射农村的公路网络格局，实现了乡乡通油路，村村通公路。全旗境内共开辟通村公交线路 42 条，通车里程达到 3622 公里，村村通班车率达到了 100%，年投放运力 65340 辆次，输送旅客 1072230 人次。

第四章

达拉特人的同一首歌：金色与绿色变奏曲

达拉特旗地处鄂尔多斯高原北部，黄河中游南岸，是自治区沿黄沿线经济带和“呼包鄂”经济圈的枢纽旗。达拉特旗总面积8200平方公里，总耕地面积224万亩，总人口36万，其中，农牧业户籍人口29万。2012年，全旗完成地区生产总值451.5亿元，其中，一产增加值28.8亿元、二产增加值287.39亿元、三产增加值135.27亿元；实现财政收入42.3亿元，全社会固定资产投资达190.3亿元，城乡居民人均纯收入分别达29712元和11394元。

全旗地势南高北低，分三大自然类区，南部属鄂尔多斯台地北端，占总面积的27%，系丘陵土石山区，属生态自然恢复区；中部为库布其沙漠区，占总面积的54%，土壤属沙壤土，属限制开发区；北部为黄河冲积平原，占总面积的19%，沿河耕地面积145万亩，适宜农牧业生产，属优化发展区。达拉特旗属典型温带大陆性气候，年均日照时数约 3000 小时，年均降水量 240—360 毫米，蒸发量 2160 毫米，年均风沙日数 70 天，恶劣的气候条件导致土地易沙化，加之 10 条季节性河流由南向北纵贯全旗，造成水土流失和沙漠化较为严重。

长期以来，达拉特旗坚持不懈开展生态建设，大力推进生态重点工程建设，特别是从 2001 年国家全面实施退耕还林、天然林保护工程等林业重点工程以来，该旗生态建设更是取得长足的发展，森林覆盖率和植被覆盖度由 2001 年的 10.19% 和 64.4% 上升至现在的 28.21% 和 78.8%，土地荒漠化得到有效遏制。

库布其沙漠属世界第九、中国第七大沙漠，全长 365 公里，总面积 2641 万亩，其中横穿达拉特旗境内长约 160 公里，面积 5120 平方公里，占库布其沙漠总土地面积的 32.8%，占全旗总土地面积 1228 万亩的 54%。由于特殊的地理条件和不可逆转的气候因素，加之人为的不合理开发利用，致使本身脆弱的生态环境极度恶化，黄沙弥漫，无边无际，狂风乍起，遮天蔽日，被喻为生命禁区、不可治理的死亡之海。

库布其，蒙古语，意为弓上之弦。关于库布其大沙漠的形成，在达拉特民间有一个传说。

很久很久以前，达拉特这个地方水草丰美，是“风吹草低见牛羊”的美丽草原。有一年，这里来了一个妖魔，每天都吞食牧民的牛羊。没过多久，牧民们的牛羊所剩无几了。为了生存，有的牧民赶着牛羊背井离乡，去别处谋生。更多的牧民则舍不得离开故土，在妖魔的欺凌下艰难地生活着。一天，有几个蒙古年轻人相聚，商讨除掉妖魔的事。最后由九名青年组成了降妖队，各自以成吉思汗九员大将木华黎、博尔术等人名字取代了自己的名字，身挂弯弓利箭，带上九九八十一只全羊来到王爱召，向上苍大地和圣主成吉思汗敬上了全羊，献上哈达，点燃了香火，向成吉思汗陵寝长跪祈祷，愿上苍保佑，圣主鼎力相助，让他们降服妖魔。是夜，风卷残云，天昏地暗，妖魔又来侵袭牛羊。九位勇士迅速出击，一支支利箭插在妖魔身上，使它变成了刺猬。妖魔没有倒下，也不逃跑。九位勇士的箭射完了，他们同声大吼一声，把手中的金弓一起砸向妖魔。

妖魔发出炸雷般的惨叫，抖掉身上的千百支利箭，就地旋转了起来，那九只金弓也随之旋转飘舞……大树被连根拔起，绿草满天飞旋，一瞬间，美丽富饶的草原变成了黄沙起伏的沙梁沙丘沙沟……形成了今天的库布其沙漠。有人说，这是妖魔对人类的报复。

库布其沙漠对达拉特旗的生产、生活产生着严重影响，主要表现在以下几个方面。

土地生产能力降低。根据权威部门对达拉特旗沙漠化情况的调查，在梁地没有防护措施的旱地上，每年表土层被吹失 5—7 厘米。

达布希拉图摄

由此看出，土地沙漠化使得达拉特旗地区土壤肥力减退，土地生产力明显降低。可利用土地面积缩小。流沙不断扩张和蔓延。

由于沙化风蚀，土地生产力下降，对农牧业生产的影响极为严重。20 世纪六七十年代，达拉特旗粮食平均每亩产量仅为 27—40 公斤。不少地方因风沙灾害，每年要毁种和补种 2—3 次，有时甚至达 5—6 次，严重影响苗禾成活率，每年因风沙侵蚀需要补植的苗木数量庞大。土地沙漠化同样造成牧场面积缩小，草场质量变劣，牲畜数量、商品率、出栏率及肉、乳、绒、毛产量显著下降。

由于流沙移动，常使交通受阻，水库、水井、渠道等水利设施被埋压。对生产和生活设施的危害极大。

大风袭来，细粒物质被吹扬，大气中粉尘杂质增多，特别是沙尘暴和扬沙天气，空气变浑浊，环境质量变低，使人畜健康受到影响，严重危害着农牧业生产和人民群众的生活，直接影响着京、津、唐和华北地区的环境质量。

据联合国最新数字，全世界荒漠化土地面积已达 3600 万平方公里，几乎等于俄罗斯、美国和我国国土面积的总和，更可怕的是，荒漠正以每年 5 万至 7 万平方公里的速度扩展着势力范围，等于每年吞噬一个比利时加丹麦。我国是荒漠化危害最严重的国家之一，荒漠占去国土总面积的 27．3%，荒漠每年正以 2460 平方公里的速度扩展……应该承认，我们的“家”问题不小。

德国人有个“钉子”推论：一枚钉子可以影响一只马掌，一只马掌可以影响一匹马，一匹马可以影响一名战士，一名战士可以影响一次战斗，一次战斗可以影响一场战争，一场战争可以输掉一个国家……内蒙古一位治沙专家认为：局部的、地区的破坏，从长远来看，可以造成整个国家的民族的损失。破坏一米厚的含有有机质土层的一片土地用不了半年。但是，形成这一米厚的有机土层需要大自然天高地厚地培养10万年。半年和10万年，我们选择哪头？

达拉特人是聪明的，他们毫不犹豫地选择了让金色的沙漠变成绿色的家园这一条路。

多年来，深受妖魔般库布其沙漠之害的达拉特各族人民，以现代人的智慧，用先进的科学技术，向库布其沙漠宣战。

20世纪70年代，鄂尔多斯市成立了造林总场，经营区涉及达拉特旗和准格尔旗，主要分布在库布齐沙漠中段，总经营面积126.6万亩，先后实施了“三北”防护林体系建设一、二、三、四期工程以及退耕还林、天然林资源保护、国家生态县建设、速生丰产林等国家林业生态工程。通过人工、飞播、封沙育林等造林手段，在库布其沙漠的腹地及边缘地带营建起了以乔、灌、草与带、网、片相结合的绿色防风固沙体系。90年代后期，达拉特旗虽然进行了一系列的综合治理，但治理的速度远远赶不上恶化的速度。2000年以来，旗委、旗政府及时调整思路，把生态建设作为全旗最根本基础建设来抓，全面启动了库布其沙漠综合治理与生态建设工程，依靠天然林保护工程、退耕还林工程、三北防护林工程和日元贷款项目，针对库布其沙漠不同的类型采取不同的治理模式，取得了可喜的成绩。经过几年的艰苦奋战，已完成人工造林100万亩，飞播造林68.5万亩，封沙育林24.5万亩，设置沙障1.5万亩，修筑2条穿沙公路，全长120公里，开启了治理沙漠的先河，创造了历史奇迹。

经过多年的探索与实践，达拉特旗在治理沙漠中采取了一系列卓有成效的措施，主要体现在以下几个方面：

长期以来，达拉特旗委、旗政府高度重视沙区生态建设，50 年代的“禁止开荒，保护牧场”，60 年代的“种树种草基本田”，70 年代的“以治沙为重点的农林水综合治理建设”，80 年代的“三种五小”，90 年代提出的“植被建设是达拉特旗最大的基础建设，是立旗之本”。由于自然、人为因素以及生产力水平的制约，达拉特旗始终难以摆脱治理——恶化——再治理——再恶化的困扰，1998 年到 2000 年，连续三年大旱，赤地千里，80% 的草原沙化、退化，严重威胁着全旗各族人民的生产生活。针对达拉特旗“十年九旱，灾害连年”的自然规律，旗委、旗政府提出建设“绿色大旗、畜牧

李秀峰摄

业强旗”的发展思路，对农牧业生产区域布局、种养结构、养殖方式、人口布局、产业化发展、资金使用方式进行了“六大调整”，在全国率先实行了禁牧休牧轮牧和标准化舍饲养殖，全面推进人口转移，减少农牧民、致富农牧民。根据全旗生态植被状况，按照市委、市政府统一规划确定了优化开发区、限制开发区和禁止开发区，启动建设无人居住的生态自然恢复区，促进生态自我修复，开创了生产发展、生活改善、生态恢复的科学发展新局面。

科学治理。针对特殊的地理和气候特点，达拉特旗在长期的生态建设中，采取了不同的治理方式，总结为三种模式。一是分区治理模式。根据全旗的地貌类型和自然条件，实行因地制宜、分类施策。在库布其沙漠区，采取“南围、北堵、中切割”的治理模式：在南、北两侧营造生物锁边林草带，阻止沙漠南侵、北扩、东移，利用天然的黄河流域十大孔兑和修建穿沙公路进行切割治理；在干旱硬梁区，采取“窄林带、宽草带、灌草结合”的治理模式：在林业重点工程建设中，采用“两行一带”的方式，行植灌木、带间种草，灌草搭配，为舍饲养殖提供了充足的饲草料；在丘陵沟壑区，采取“沙棘封沟、柠条缠腰、松柏戴帽”的治理模式：体现适地适树、以水定树的指导思想，形成上下一体、错落有致的生态景观，使地球癌症础砂岩得到了有效治理，水土流失明显减轻。二是林牧一体化的生态畜牧业模式。在生态建设中，大力营造柠条、杨柴等乡土灌木树种，形成了丰富的饲草料资源，使禁牧休牧轮牧和标准化舍饲养殖政策得以顺利推行，成功解决了林牧矛盾，极大地推动了农牧业产业结构调整和农牧民增收。三是以非公有制为主体的生态建设运行模式。坚持“谁造谁有，长期不变，允许继承流转”，实行“个体、集体、国家一起上”，推行“五荒”拍卖治理，深化集体林权制度改革，实施生态公益林补偿制度，引导民营企业进入防沙治沙领域，鼓励多种所有制参与生态建设，促进了资金、技术、劳动力等生产要素向生态治理和开发聚集，形成了全社会参与、多元化投资的新格局。在徐志民、王果香这种热爱家乡、建设家乡精神的感召下，全旗造林治沙潮风起云涌，涌现出了徐志民、尚宝成、任吉厚、高林树、东达集团、明禾集团、万通集团、恩格贝等生态建设典型，非公有制造林成为生态建设中的重要力量。

科学发展。按照全市禁止开发区、限制开发区和优化开发区的总体规划，将原料林基地建设任务重点安排到禁止开发区和限制开发区，将林产品加工企业安排到优化开发区，在布局合理的前提下实现规模经营。坚持产业化的思路指导生态建设，积极实施“反弹琵琶，逆向拉动”战略，着力建设沙柳、沙棘等林沙产业基地，着力培育东达林板一体化、三利麻黄等林沙产业龙头企业，着力发展响沙湾、恩格贝等沙漠旅游业，改变了沙漠有害无利的观点。

多年来，达拉特旗营造林改善了全旗的生态环境，增强了人们的生态意识、环境意识，不仅为全旗带来了深远的社会效益，也为生态建设与经济发展全局奠定了良好的基础，而且在此过程中获得的有益经验和做法更值得总结和发扬。

尊重自然规律。变“征服自然”为“顺应自然”。实施收缩转移、集中发展战略，优化农牧业生产布局，大力转移农牧区人口，在生态恶劣地区建设生态自然恢复区，减少人类对大自然的索取，减轻生态压力，通过人的主动退出求得生态的自我修复、自我平衡，找到了以退为进、人与自然和谐相处的正确道路。二是变革生产方式，变“广种过牧”为“集中发展”。于2000年在全国率先推行禁牧休牧轮牧政策，变“靠天养畜”为标准化舍饲养殖，变“广种薄收”为集中建设沿河现代农牧业带，改变了农村牧区传统落后的生产经营方式，走上了规模化、产业化、集约化发展的路子，实现了生产发展与生态恢复的双赢。

尊重经济规律。一是创新体制机制，变“单一投入”为“多元投入”。“十一五”以来，国家、自治区和市旗两级财政、各企业以及社会各界投入生态建设的资金达到了11.1亿元，其中国家重点工程投入资金累计达5.6亿元，政府投入3.8亿元，其他投入1.7亿元，调动了全社会参与生态建设的积极性，极大地激发了生态建设的活力，增强了生态建设的动力。二是发展林沙产业，变“贫瘠荒凉”为“绿色银行”，使生态建设与经济社会发展及农牧民的利益紧密地结合在了一起，理顺了生态与经济的关系，调动了潜在的社会能量，走上了可持续发展的路子。

尊重社会规律。坚持以人为本，在经济强劲发展的过程中，不以牺牲环境为代价，做到了经济建设与生态建设同步协调，实现了经济与环境、人口与资源相和谐。达拉特旗在完成工业经济初步积累之后，近年来，全面实施工业反哺农业，财政支持林业战略，2000年以来，旗财政投入10多亿元用于“六区”绿化建设。同时将林业重点工程，优先安排治理库布其沙漠。随着国家林业重点工程相继启动，达拉特旗将天保工程、退耕还林工程、三北防护林工程、日元贷款项目重点安排在库布其沙漠区，加快了库布其沙漠治理速度。治理区初步构建起了以乔、灌、草与带、网、片相结合，功能完备的区域性生态防护体系和比较发达的林业产业体系，有效遏制了生态环境的恶化，并向良性的方向发展。

因地制宜，因害设防。在公路、铁路、厂矿等受风沙危害严重的地方，采取工程措施治沙；在流动沙丘迎风坡 2/3 处用葵花杆或沙柳设网格或行列式沙障；在障间凹面栽植沙柳、杨柴、柠条等旱生灌木或人工撒播灌草种，起到永久性防沙固沙作用，到目前已完成人工沙障 1.5 万亩。

乔灌草相结合，封飞播并举。流动沙丘先设机械沙障，后进行人工造林；固定和半固定沙丘采取飞播造林和封沙育林（草）相结合的办法进行综合治理；下湿丘间低地和公路两侧采取人工造林进行治理，宜乔则乔，宜灌则灌，宜草则草，乔灌草相结合。

加大科技含量。大力推广应用先进的抗旱造林技术，如柠条覆膜造林、容器苗造林、保水剂、生根粉、苗条保湿、机械化栽植等，有效提高了造林质量，带动了全旗生态建设实现由直播造林向植苗造林、分散零星造林向规模造林、人工造林向机械化造林的大转变，使全旗森林面积和蓄积量实现了持续“双增长”。

创造宽松环境，积极扶持非公制造林。在认真落实“谁造谁有，合造共有”政策的同时，进一步完善造林机制，大力推行“掏钱买活树”的激励政策，全面提高全社会参与治沙造林的积极性。涌现出东达蒙古王集团、邦成农业开发公司、万通农牧业科技示范园、明禾集团等大中型企业投资造林典型，非公有制已成为达拉特旗治沙造林的中坚力量，开创了治理库布其沙漠的新局面。

加大执法力度，保护建设成果。库布其沙漠区生态建设项目区实行全年禁牧，封禁保护，加大执法力度，配备专门人员监督检查，严格控制人畜破坏，积极保护建设成果。

责任到人，措施到位。在生态建设过程中，达拉特旗始终以坚强的组织保障措施为后盾，保证工程顺利、健康开展。一是坚持领导责任制。各级党政一把手为第一责任人，分管领导为直接责任人，林业部门一把手为监管责任人，加强对建设项目立项前的申报把关和立项后的经常性监督管理。二是坚持法人责任制。承担建设任务的单位主要领导为项目法人，对工程建设质量和任务完成情况承担直接责任。三是坚持招投标制。项目的实施按国家有关规定实行公开招标制。

春天，当你踏上达拉特的土地，无论是在沿滩、梁外，还是在库布其沙漠，你会被这里的绿色所吸引。漫山遍野及高低起伏的茫茫沙海，爬满了胡桃、山杏、油松、沙棘、沙柳、柠条、苜蓿等植物。

达拉特旗的植树造林、改造沙漠的生态建设，以“科学发展，富民强旗”为中心，以“国家林业重点工程建设”为主线，以“全面发展现代林业、重点建设生态林业、加快培育经济林业、着力打造形象林业”为引擎，全面推进集体林权制度改革、国家重点公益林补偿管理工作，狠抓林业产业发展、城防林生态圈建设、数字林业建设工程，不断强化森林资源管护、森林病虫害防治检疫、全民义务植树、企业造林、非公有制造林、大户造林，实现了森林资源稳步增长，生态状况明显改善，林沙产业蓬勃发展，经济、社会、生态效益良性互动的局面，截至目前，全旗共完成林业生态建设工程 213 万亩，全旗林业用地总面积达到 624.4 万亩，森林覆盖率达 28.21%。林业总产值达到 1.3 亿元，实现了企业增效、社会增绿、农民增收的“多赢”目标。

回忆起治沙初期种树的情景，中和西镇官井村前任支书杨俊英

指着前面那片一眼望不到头的沙柳和杨树说：

“当年这里全是一片明沙，不长一苗草的，我们刚在这里种树时成活率很低，因为风沙大，种进去的树不是不长就是干脆被风沙活埋，尽管如此，我们始终没有打退堂鼓。如今这片绿色足有 10 万多亩，不容易啊！”

白云飞摄

达拉特旗由南向北分为黄土丘陵沟壑区、库布其沙漠区、黄河南岸冲积平原区三个自然单元，其中库布其沙漠区面积达 3920 平方公里，由于恶劣的自然环境和特殊的气候条件，导致这片土地长期遭受严重的水土流失和风沙危害，全旗荒漠化和水土流失面积达 900 多万亩。加之“十大孔兑”每年向黄河输入大量泥沙，致使黄河河床不断抬高，严重影响中下游人民群众的生产生活和生命财产安全。改革开放的春风唤醒沉寂多年的荒漠，绿色成为达拉特人生态建设的永恒主题。

近年来，达旗旗委、政府把生态建设作为最大基本建设，纳入全旗经济社会发展的长期规划，按照建设“绿色大旗、生态强旗”的目标，不断加大投资建设力度，深入开展全民义务植树运动，积极鼓励和引导非公有制造林，形成了以工程造林为主体，社会造林和全民义务植树共同发展的造林绿化新格局，有力地推动了生态建设进程，创造了“人进沙退，遍地绿色”的奇迹。

依托国家重点生态项目，先后实施天然林保护、“三北”防护林、退耕还林、京津风沙源治理等林业生态工程。自2000年以来，全旗共完成林业生态建设工程213万亩，设置沙障1.5万亩，修筑两条穿沙公路全长120公里。治理区初步构建起了以乔、灌、草与带、网、片相结合，功能完备的区域性生态防护体系和比较发达的林业产业体系，有效地遏制了生态环境的恶化。

尊重自然规律，始终将“科学治理，科技兴林”的方针贯穿于生态建设全过程；坚持因地制宜、适地适树、分类指导、分区治理的原则，采取乔灌草、造飞封相结合，工程措施与生物措施相结合进行综合治理。同时结合生态建设的难点、重点问题，筛选、配套了一批先进的科技成果，全面推广了覆盖造林、容器苗造林、生根粉、保水剂、苗条保湿、机械化栽植等一系列抗旱造林实用技术，有效提高了造林质量，带动了全旗生态建设实现由直播造林向植苗造林、分散零星造林向规模造林、人工造林向机械化造林的大转变，使全旗森林面积和蓄积量实现了持续“双增长”。

坚持“谁造谁有，长期不变，允许继承流转”，实行个体、集体、国家一起上，推行“五荒”拍卖治理，深化集体林权制度改革，启动了生态公益林补偿制度，引导民营企业进入防沙治沙领域，鼓励多种所有制参与生态建设，促进了资金、技术、劳动力等生产要素向生态治理和开发聚集，形成了政府投入、全社会参与、多元化投入的新格局。“十一五”以来，国家、自治区和市旗两级财政、各企业以及社会各界投入生态建设的资金达到了11.1亿元。

如今，在达拉特这片土地上，从山野沟壑到荒原大漠，从城市到乡村，到处飞绿叠翠，郁郁葱葱，绿色已成为达拉特的主色调。

他叫池大财，中和西经营林场纳林沟作业区的护林员。在达拉特旗，像池大财这样每天在林地巡护的护林员有1106人。这些护林员默默无闻、恪尽职守，为达拉特旗生态建设奉献着自己的一切。

有人说，护林员是“森林的眼睛”。而我们见到池大财时，发现他的眼睛确实很特别，机警且富有穿透力。生态建设需要这样的眼睛，森林守护需要这样的眼睛。池大财把护林员的工作看得很神圣，他说：“我护林已经有22个年头了，不管在什么情况下，不敢有半点懈怠，一丝一毫的麻痹大意都有可能给森林酿成大灾难，所以我必须时刻瞪大自己的眼睛……”

多年来，达拉特旗始终坚持“生态优先，保护第一”的方针，科学决策，强化措施，加大投入，不断加强森林资源的保护力度。针对全旗“十年九旱，灾害连年”的自然规律，对全旗农牧业生产区域布局、种养结构、养殖方式、人口布局、产业化发展、资金使用方式进行了“六大调整”，在全国率先实行禁牧休牧轮牧和标准化舍饲养殖，全面推进人口转移，减少农牧民，致富农牧民。根据全旗生态植被状况，按照市委、市政府统一规划，确定了优化开发区、限制开发区和禁止开发区，启动建设无人居住的生态自然恢复区，促进生态自我修复，开创了生产发展、生活改善、生态恢复的科学发展新局面。

按照国家生态建设标准，全面贯彻落实林业生态保护和建设目标责任制，将森林草原防火、林业生态建设、保护发展森林资源和禁牧工作列入旗对苏木镇的年度目标考核，建立了以森林公安和全体护林人员为骨干的森林资源管护责任制，制定了科学严密的防火规章制度，组建了专业化的防扑火队伍，狠抓火源管理和实战演练，建立了基本覆盖全旗的监测网络，取得了多年未发生较大森林火灾的良好记录。按照“预防为主，科学管理，依法监管，强化责任”的方针，以实现林业有害生物防治标准化、规范化、科学化、法制化、信息化为目标，全面加强林业有害生物监测、预警和应急反应体系建设，有效遏制了森林病虫害的发生和危害，确保了林业生态建设持续、健康、稳定发展。不断加强林业执法工作，健全完善了征占用林地定额管理制度、专家评审制度、林地用途管理制度等一系列林地保护管理制度，进一步加大对乱砍乱伐、毁林种地、乱捕野生动物等违法犯罪行为的打击力度，严惩破坏行为。

针对林业发展中存在的体制不顺、机制不活、利益分配不合理等问题，启动实施了集体林权制度改革，全面开展国家重点公益林监测和补偿工作。截至目前，全旗集体林业用地面积 447.77 万亩，已确权 450.1 万亩，确权率达到 100%，林权证发证面积 450.1 万亩，发证率达 100%。

“靠沙，养沙，吃沙”，林上经济、林下经济一起发展，拓宽了农牧民增收致富的渠道。沙漠里是树，树下是苜蓿草、食用菌、中药材，林中养鸡……充分利用了空间，开发了土地的潜能，创造了最大的价值。

——东达蒙古王集团年产 10 万平方米刨花板项目是林沙产业发展的典范。年利用沙柳 13 至 15 万吨，年创造产值 2 亿元。

——中和西镇官井村，全村沙柳苗木年销售量达 500 多万株，仅此一项可为农牧民创收 70 多万元。

——吉格斯太镇乌兰壕村的蒙古族村民白永胜，是旗、市、自治区三级民族团结积极分子，他有 5 个儿子，他种树种了大半辈子，对树可谓“情有独钟”。用他的话来说，那叫：“种树吃树凭树过，儿媳妇都靠树娶过。”他还说：“要不是有这些树，我这五个儿子中说不定还有打光棍的呢……”

达拉特旗的林业发展史是一部推进林沙产业崛起的奋斗史。

多年来，达拉特旗在生态建设与保护中，不以绿色划句号，依

奇·达楞太（左一）在和群众一起植树　　周洪威摄

托生态建设所形成的丰富林草资源，用产业化的思路指导防沙治沙，以工业化的思维调整林沙产业结构，按照“绿起来，活起来，富起来”的基本思路，坚持一手抓生态建设不动摇，一手抓林业资源开发利用不放松，全力拓展农牧民增收空间，改善农牧民生产条件，探索兴林惠民之路。

近年来，达拉持旗林业部门借助国家林业生态工程的建设，积极扶持林沙产业发展。优先协助林沙产业企业建立各类饲料林，原料林，商品林，药品基地；优先帮助开展生态旅游企业完善优美环境建设。坚持生态建设与产业发展组合，走生态建设产业化的道路，依托灌木资源优势，明确林沙产业“五化、三品”的总体思路，初步形成了以人造板、饲料、饮品、药品和生态旅游为主的林业产业体系。

截至目前，全旗沙棘、沙柳和柠条种植总面积达150万亩，建成麻黄基地1万亩，年均产量0.75万吨，不仅为企业解决了生产原料问题，同时大大增加了国土绿化面积，改善了生态环境和人居环境。先后建成明禾集团、邦成农业开发公司、东达集团林板一体化项目、万通农牧业科技示范园立源种苗繁育公司等依托林草资源，具有市场竞争能力、科技开发能力、辐射带动能力的林沙企业12家，带动农牧户9000户，提供就业岗位近4000个。建成恩格贝、响沙湾、银肯敖包、秦直道、昭君坟、汉代古墓群、释尼召等生态旅游景点十多处。2013年，全旗从事生态旅游业的响沙湾旅游区和恩格贝旅游区利用丰富的林沙资源，共接待游客45万人次，旅游收入达2亿多元，带动当地农牧民440户，人均增收2000元。

鉴于全旗特殊的自然地理特征以及脆弱的生态环境体系，达拉特旗坚持一切从实际出发，制定了优化开发区、限制开发区、禁止开发区“三区”规划，因地制宜制定发展战略。当初，部分农牧民对禁牧休牧轮牧等政策视若无睹，允许饲养的牲畜肆意啃食树木，尤其是对新造林地内的林木，每年因牲畜啃食造成的林木枯死数量不容忽视，影响了全旗生态建设的健康发展，究其原因，最根本的还是当地农牧民生产生活问题没有得到有效解决。

根据这种情况，达拉特旗在项目安排上，重点向这些地区倾斜，让当地农牧民成为造林的重要主体，在增加收入的同时，不仅避免了偷牧现象的出现，而且还发展了林瓜、林粮、林蔬、林蜂、林菌、林禽等林下经济，既拓宽了农牧民增收渠道，也实现了农牧民增收、大地增绿的“双赢”局面。

生态建设既要遵循自然法则，也要遵循价值规律。只有找到生态与经济的最佳结合点，走生态经济型的区域发展之路，消除了贫困，生态建设才能具有持久的生命力。

第五章

林沙产业兴起，拓宽了富民之路

达拉特旗干旱、风蚀、水土流失、洪涝、凌汛等自然灾害频繁。中部库布其沙漠横贯东西，南侵北扩，沙漠化严重，是全国沙尘暴的策源地之一。近年来，随着国家生态建设的不断加强，达拉特旗先后实施了退耕还林、天然林保护、“三北”防护林等国家重点工程项目，有力地促进了全旗的生态建设，现在达拉特旗的风沙危害已得到了有效控制，实现了从“整体恶化、局部治理”到“整体遏制、区域好转”的实质性转变。

但是他们不以简单的绿色划句号，沙区生态建设只是手段，发展绿色沙产业才是他们的目的。达拉特旗林业部门积极探索更新更好的适应达拉特旗林沙产业发展的新路子，把防沙治沙和开发结合起来，扩大经济类植物种植面积，在恢复生态植被的基础上，适度进行产业化开发，充分发挥林沙产业在拉动生态建设、增加社会就业、促进农牧民增收、推动沙区经济发展的重要作用，以产业带林业、以林业促产业。逐步形成集生态效益、经济效益和社会效益为一体的现代林业建设模式。

钱学森作为我国著名科学家，曾长期从事火箭和导弹发射研究工作，正是在这样的工作环境中，钱学森得以接触沙漠中的生命，并以其科学家的睿智发现其中的奥妙，进而促使他思考如何利用沙漠广袤的空间、丰富的光热资源，造福中国。

1984 年，经过近 20 年深思熟虑，钱学森提出了他的“沙产业”和“第六次产业革命”理论体系，并在其后半生倾注了很多心血。

1989 年 1 月 24 日，钱学森在给时任国务院副总理田纪云的信中说：“不久前原林业部副部长、科学家杨显东对我说：‘60 亿亩草原草地比耕地大 4 倍，是我国极大的一笔财富；可惜现在已沙化了 20 亿亩……’我们要在总结历史经验的基础上，有远见之明，要看到 21 世纪”；“我们要在为社会主义中国搞第六次产业革命做准备”；“第六次产业革命的主战场不是在比较富裕的大城市，而是比较贫困的田野、山林、草原、海疆和沙漠……”

“什么是沙产业？沙产业就是在‘不毛之地’搞农业生产，而且是大农业生产，这可以说是一项‘尖端技术’。就是利用高效太阳能的优势进行的一项知识密集型产业”。

钱学森的沙产业理论强调的是充分利用沙漠上充沛的阳光，也就是沙产业的 12 字守则：“多采光，少用水，新技术，高效益”。

1984 年，经过近 20 年深思孕育，沙产业和第六次产业革命理论体系正式成形，并成为钱老后半生科研人生和科学实践的心血倾注。在科学巨人的眼中，沙漠已经成为人类的又一项重要资源。凭借尖端技术，沙漠将是人类生存的新家园。

2007 年 11 月 17 日，鄂尔多斯的阳光格外光辉灿烂，百灵鸟在啁啾歌唱，老年人的脸上挂满了微笑，芳香的奶茶在铜壶里低吟，甘醇的奶酒在瓷坛里待饮，雪白的哈达在微风中飘动……

在这吉祥的日子里，胡锦涛总书记来到内蒙古鄂尔多斯市考察工作。总书记先后到伊金霍洛旗、东胜区、达拉特旗，深入到草原牧区、企业车间调查研究，同各民族干部群众共商讨深化改革开放，推动科学发展，促进社会和谐大计。

鄂尔多斯是我国北方重要生态屏障。胡锦涛非常关注这里的生态环境保护。他一到鄂尔多斯，就不辞辛苦驱车前往位于毛乌素沙漠东北边缘的伊金霍洛旗苏布尔嘎镇，考察当地的退耕还林、退牧还草情况。总书记来到蒙古族牧民布仁吉日嘎拉家，仔细察看了羊圈，并到他家中同几位牧民拉起了家常。了解到几户牧民通过舍饲养羊，盖起了新房，买上了汽车，日子一天比一天红火，胡锦涛总书记高兴地说：你们积极响应国家号召，植树造林，治理沙漠，改放养为圈养，既保护了生态，又发展了生产，增加了收入，走上了致富道路，为广大牧民建设社会主义新牧区带了好头。胡锦涛还实地察看了退牧还草情况，看到成片的沙丘已长满沙柳等植物，曾经退化的草原植被开始恢复，他说，实践证明，抓好退耕还林、退牧还草，对于恢复生态、改善民生有着重要作用，符合科学发展的要求，要进一步完善政策、巩固成果，坚持不懈地把这件利国利民的事情做好。

秋末的达拉特草原，显得生机勃勃，果实累累，气象万千。

2007 年 11 月 18 日，带着对民族地区经济社会事业发展的关注

戴东辉摄

和对节能减排工作的高度重视，中共中央总书记、国家主席胡锦涛在自治区党委书记储波，市委书记云峰，市长杜梓陪同下，来到达拉特旗视察亿利 PVC 项目。达拉特旗旗委书记闫凤鸣，旗长孟克都仁等陪同视察。

上午 9 时半，亿利能源化工循环经济一体化项目园区整洁亮丽，喜气洋洋。当胡锦涛总书记乘坐的中巴车队在环绕厂区一周后停靠在 PVC 厂区中控室门前时，早已等候在那里的旗委书记闫凤鸣、旗长孟克都仁等领导迎上前去，与总书记亲切握手。胡锦涛总书记来到亿利能源化工循环经济一体化项目大型展示板前驻足停留，详细听取亿利化学公司总裁工文彪关于项目总体情况、工艺流程及下步建设规划，以及项目节能减排、发展循环经济的情况介绍。

胡锦涛总书记回到北京后不久，于1月19日亲切看望了著名科学家钱学森。胡锦涛认为钱学森有两大理论创新：一是系统工程理论，一是沙产业理论。他说："前不久，我到内蒙古鄂尔多斯考察，看到那里沙产业发展很快，沙生植物加工搞起来了，生态正在得到恢复，人民生活水平也有了明显提高。您的沙产业理论设想正在变成现实。"

中央电视台将这一消息播出后，国内知识界、理论界反响十分热烈。中国资深沙产业专家、中国科协原副主席刘恕说："这是总书记对钱学森中国特色沙产业理论的肯定，也是对内蒙古鄂尔多斯长期以来坚持科学发展观的赞扬，意义重大。"胡锦涛总书记，对鄂尔多斯各民族人民半个多世纪以来以科学发展观为武器，以沙产业理论为指导，植树造林，治理沙漠，在荒漠和半荒漠地区探索中国特色生态小康模式给予了充分的肯定。用科学发展观来认真总结并推广，其意义不仅在西部、在中国，而且在世界。

鄂尔多斯的秋天，既是收获的季节，也是播种丰收的种子的季节。农民们在收割庄稼，粮食入仓；牧民们在采集草籽树苗，种草种树，治理沙漠，企盼着草原返青的时候，接春羔获得丰收。

总书记回去了，他留给鄂尔多斯人的是对他们事业的肯定，对他们生活的关怀，还有就是继续发展沙产业的强大动力。

在鄂尔多斯植树造林，改造沙漠，发展新型林沙产业中，达拉特人一直是奋战在最前线的生力军，他们创造了许多奇迹，令人赞叹。

令人感到欣喜的是，达拉特旗林沙产业的发展，给现代农业、畜牧业注入了新的活力，促成了新的生产模式和规模，有志之士大胆地投入大量资金，发展新型的林沙产业。

曾几何时，土地沙漠化一度演变成制约沙漠地区经济协调发展的重大问题，人类在自然灾害面前显得无能为力，一筹莫展，这已成为不争的事实。20 世纪八九十年代，沙漠化已经对我国、我区、特别是鄂尔多斯毛乌素沙地和库布其沙漠地区的经济发展、社会进步造成极大的影响，对农牧民的生产、生活乃至生存构成严重威胁，成为当地农牧民脱贫致富达小康的巨大障碍，直接导致出路难、上学难、就医难等问题。造成这一后果的主要因素来自两个方面，一是自然原因，二是人为因素。追溯到 20 个世纪五六十年代，由于人

丁荣刚摄

口的急剧增长和生产力的极度低下，人们为了解决吃饭问题，急功近利地向土地攫取食物资源，采取杀鸡取卵的方式掠夺土地，人为地乱砍滥垦，开垦一块荒芜一片，梁外山区的农耕土地大部分采用广种薄收的落后生产方式，将原本相对较好的生态环境破坏成不毛之地，形成人沙对峙的恶性循环局面，大自然给予了人类重重的惩罚。

从1998年开始，内蒙古东达蒙古王集团积极响应党中央国务院号召，为保护京、津、冀地区免受沙尘暴侵袭，为回报国家和地方多年来对企业的支持和厚爱，以企业运作的方式积极投身于生态建设和环境保护，把生态建设作为参与西部大开发的切入点和二次创业的主攻方向，使生态环境保护和企业效益有机结合，生态产业链得到合理延伸和有效链接，集团整体效益实现良性循环。十几年来，企业紧紧围绕生态建设、荒漠治理及发展沙柳种植、林草种植，实施农业综合开发相统一，取得了明显的成效，逐步实现了恢复生态、发展生产、提高农牧民生活水平的“三生”统一，形成了以“治沙为中心，以科技为先导，以林牧为两翼，多种经营综合利用”的经营模式和格局。

探索规律，治用结合。东达集团通过多年的实践认识到：西部大开发生态建设是重点，沙漠治理是难点，利用沙生资源是关键。如何发展生态产业，由谁来牵头发展，如何形成一种长效的发展机制，是值得各级政府和全社会深入研究的课题。毫不隐晦地讲，过去的一段时期里，一些地方治理沙漠、植树造林，许多农牧民实际是在被动种树，因为没有形成有效的利益共同体，没有真正形成谁栽种、谁管理、谁受益、谁所有的机制，管护脱节问题尤为明显，农牧民固守“要我种”的被动心理态势。由于没有直接的利益驱动，缺乏责任心，少有积极性，人们种树绿化只是为了应付了事，所以出现投入与产出不成比例的现象。另外，还有一种常识性的弊病，某些地区没有按照“适地适树、以水定树”去做，一些树种实际不适宜在本地生长，可人们总是盲目跟风种植。达拉特地区年降雨量平均只有300毫米左右，这点水分阔叶乔木成活率极低，常常是“一年绿、二年黄、三年就去见阎王。”往往是事倍功半，得不偿失甚或是劳民伤财。

东达蒙古王集团以发展地方经济为己任，为农牧民脱贫致富找出路。因地制宜搞项目，经过反复实践，经过采取新的工艺，沙柳成为优质的高级箱板纸原料；用沙柳80%的主杆部分造纸，20%的细枝、柳叶可加工成牛、羊、兔的饲料，“过腹增值”，物尽其用。

利用沙柳造纸项目成功，使沙漠资源沙柳有了终端产品，形成产业链，使生态、经济、社会三方面的效益都收到了显著的成果，受到了国家有关部委及地方各级党委、政府的高度重视和百姓的普遍认同，得到著名科学家钱学森院士的充分肯定。这一切无论对企业还是赵永亮本人都是极大的鼓励和鞭策，使其真正理解了由“造林有理”转变为“造林有利”的含义所在。

遵循规律，因地制宜。沙柳是生长在当地沙区特有的灌木树种，抗风沙、耐干旱、生命力强，是当地名副其实的“防风固沙的先锋植物”。其生长规律是每隔3—5年需平茬一次，否则就会逐渐枯萎死掉。平茬复壮是科学有效的培育方式，平茬后的沙柳萌蘖新条，单株生长范围会比平茬前扩大近8倍。过去，农牧民只把沙柳条作为生火做饭的薪柴及简单的生活用料，几乎不产生经济效益，因而没有种植沙柳的积极性。沙柳自然枯死成为普遍现象。

2001 年，东达蒙古王集团赵永亮提出“生态建设不以绿色划句号”的创新理念，实行产、学、研相结合，建设“两所一基地”，即“库布齐沙漠研究所”、“高产绒山羊育种研究所”和“生态建设研究基地”，将科技知识转化为生产力，实现了“三高一低”即高新技术、高附加值、高产出、低成本的目标。同时，该项目被国家经贸委确定为“双高一优”技改重点项目，被国家林业局列入“双百万京（津）北绿色屏障工程”。通过十几年努力，这项工程的实施辐射了库布齐沙漠周边地区近 300 万亩的沙柳基地，先后建设了奶牛养殖区和舍饲绒山羊基地。据不完全统计，产业化项目共带动鄂尔多斯市 3 个旗

张步恒摄

近 12 万农牧民增收致富。项目的实施，形成了产供销一条龙、农工贸一体化的产业链和利益共同体。利用经济杠杆拉通联动，实现了“恢复沙区生态、发展沙区生产、提高沙区人民生活”的“三生”效果和“沙漠增绿、沙柳增值、企业增效、地方增税、农牧民增收”的“五增”目标以及“上一个项目、带一片产业、兴一地经济、富一方百姓”的“四个一”的发展策略。

2008 年 5 月，赵永亮应联合国可持续发展委员会第 16 届组委会特邀，在纽约联合国总部做了大会发言，介绍了中国内蒙古东达蒙古王集团在发展林、草、沙产业及恢复生态、治理沙漠过程中的经验，并就东达集团践行钱老林、草、沙产业化理论的情况做了介绍。会后，很多国家的代表都希望来中国看看，来鄂尔多斯看看，来达拉特旗东达蒙古王集团看看，亲身感受一下发展林、草、沙产业的重大成果。

东达蒙古王集团已经积极、主动地投入到了治理沙漠的这项宏伟事业之中。为了适应时代发展需求，合理消化当地丰富的沙柳资源，东达集团在风水梁园区建设年产 10 万立方米的刨花板项目，2013 年投产运营，解决了当地及周边地区沙柳卖难问题，又靠近资源地，节约成本，同时又可增加就业渠道，为促进社会稳定和谐发展发挥推动作用；进而可以培育沙区农牧民种植沙柳的积极性，促进生态文明建设可持续发展。该项目利用当地富集的沙柳为基本原料，引进国际上最先进的设备，采用了清洁生产的新工艺、新技术，从源头上控制了污染，并且采用了先进技术措施对废气、废水、废渣和噪声进行治理和处理，使各项污染物均能达标排放，符合国家环保要求。

如今，风水梁园区已经形成了利用兔粪生产沼气和食用菌基肥，沼渣和使用后的菌肥作为花卉肥料，基本形成种养业良性循环的模式。园区内从事物流、服务业的经营户，其经济收入也达到了当地同行业的中等水平。

近年来，达拉特旗利用沙区独特的自然条件发展林沙产业，收到了较好的生态、经济和社会效益。在沙柳、沙棘为主的系列林沙产业基地不断发展壮大的同时，全旗沙化土地面积已经出现净减少，沙区植被明显增加，生态状况明显改善。截至 2011 年底，林业总产值达到 1.186 亿元，农牧民来自林业的人均纯收入达 1780 元，实现了地区生态环境和群众生活水平的全面改善。

凭借林、草、沙资源，积极开发生态旅游项目，拓展和建设了响沙湾、恩格贝、释尼召、库布其、银肯塔拉等多个沙漠旅游景区。截至 2011 年底，累计接待国内外游客 110 万人次，实现旅游收入 20.8 亿元，生态旅游呈现强劲发展态势。二是依托丰富的灌木资源及灌木平茬复壮的生物学特性，内蒙古东达集团建立了规模为 50 万亩沙柳种植基地及年产 10 万立方米刨花板生产线。该项目建成投产后，预计年平均销售收入 14750 万元（含税），年平均缴纳销售税金及附加 736 万元，年平均利润总额 4719.1 万元。

达拉特旗林业工作在贯彻落实“八三三七”发展战略中，以全面实施建设北方绿色生态屏障为中心，注重激发和盘活治沙造林这块“绿色宝藏”内在的资源动力，以林沙业，以产业促林业，最终实现在良性循环的永续发展中打造我们美丽的家园。

达拉特旗林业部门在明禾集团开发建设的银肯塔拉旅游区实施了近2万亩的碳汇林工程项目，有效控制了银肯塔拉境内明沙丘的流动，恢复了生态植被，也极大地带动了银肯塔拉旅游产业的发展。

银肯塔拉旅游区碳汇林工程项目开工后，栽植的樟子松大部分已经成活，现在工人们仍在抓紧时间栽植樟子松和沙柳。据李布和介绍，明禾集团建设的银肯塔拉旅游区所在的位置过去是水草丰美的大圐圙，老一辈的人都熟知，曾经的大圐圙方圆3万多亩，全是原生态的野生动植物。80年代初，生态遭到了严重破坏，沙化现象严重，有林面积缩小为几千亩，看到即将消失的大圐圙，作为家乡人，李布和这个小时候经常到大圐圙玩耍的企业家，就把恢复大圐圙的生态当成了一种社会责任和创业理想。银肯塔拉旅游区于2010年开工建设，规划修建的面积为6万亩，集团在路桥等产业上赚的钱全部投入到了这片沙漠，困难时期，旗林业部门先后给予银肯塔拉旅游区日元贷款植树和碳汇林建设等项目的扶持。建设之初，明禾人在沙漠里栽树历经艰辛：常常是上午栽的树，下午的一场大风就将树没顶活埋，所住的帐篷被大风掀掉也是常有的事儿，就连吃饭也是碗里刮进沙子掺着吃，通过明禾人与风沙的不懈斗争，大圐圙的生态有了极大恢复，木瓜、羊柴、麻黄、柴胡等野生植物呈现增多趋势，银肯塔拉旅游区已正式向游人开放，这里具有独特的旅游资源：世界上最大的敖包——银肯敖包，世界上最长的黄白蓝三色哈达——长108米，世界上最多的响沙带——40多条，世界上最长的沙漠索道——长2.5公里……共创下8个吉尼斯世界纪录。

在开发旅游资源的同时，银肯塔拉旅游区还将不断加大生态建设力度，李布和规划说，今后旅游产业的创收要反哺林业发展，旅游区只留 2 万亩的原生态沙漠，其余 4 万亩都要栽树，以宜林宜地的原则，大面积种植经济作物山杏，再发展带动一个杏仁露的加工产业；还要发展林下经济，在林中养鸡种蘑菇……把这些收入的部分拿来再用于其他治沙地区的植被恢复。

产业的典范还有恩格贝科技示范区的大农业。农民日报社记者钟欣曾撰写文章对恩格贝的沙产业进行了报道，文章写道：恩格贝人努力实践着钱学森的沙产业理论，运用沙产业所倡导的“多采光、少用水，新技术、高效益”的发展理念，依托沙漠阳光充足、昼夜温差大的天然优势，因地制宜设计建造了日光温室和采用半地下模式的暖棚。不仅保温效果显著，而且采用中国科学院设计的滴灌技术，比常规灌溉节水 60%。同时引进国内外最好的种子，先在育苗棚内育苗成功后再进行栽培。

恩格贝阳光设施农业试验示范基地始建于 2008 年，2009 年正式投产。现在恩格贝日光温室共有 120 栋，可生产面积为 147 亩。其中半地下式暖棚 27 栋，每栋可种植面积为 2 亩，可全年进行生产利用；拱棚 93 栋，每栋可种植面积为 1 亩。种植品种分为水果类、瓜类、蔬菜类。如今，这里的北海道甜瓜已远销香港。

在无污染环境下生产出的美味蔬菜、瓜果已成为恩格贝阳光农业的一道亮丽风景。这里将致力于做好沙产业、新能源的试验示范，将天然有机果蔬推向市场，并辐射带动周边百姓，推动地方经济发展。

恩格贝沙产业依托初具规模的设施农业和大棚农业，把中科院节水农业技术、沼气技术、生猪养殖等有机结合起来，采取“多采光、

靳晓荣摄

少用水、新技术、高效益”的技术路线，构建现代科学技术指导下完整的一套生态循环链条。将沙漠化防治寓于开发利用之中，以产业化思路经营沙漠，在干旱的荒漠中建设“工厂化”的未来农业，更是为人类开发利用荒漠开创了先河。

尽管达拉特旗的林沙产业才刚刚起步，但以其生机勃勃的发展态势，我们已经看到那一抹抹绿色绽放的都是希望之光，林沙产业向我们昭示出一个颠扑不破的真理，那就是把长远的循环发展作为生态建设的理念，采用科技，合理开发利用这些绿色宝藏，将会在还给我们一个美丽家园的同时，造福全人类！

我们再去一个小村庄看一看，林沙产业给他们带来了哪些变化。

春天，对林沙产业来说，既是播种的季节，又是收获的黄金季。开春以来，中和西镇官井村全村已售出沙柳种苗 380 万株，换来了 45 万元的现金。预计到 4 月下旬销售截止，可获利 80 万元，全村常住户户均收入上万元。

达拉特旗中和西镇官井村，地处库布其沙漠边缘，曾经受到风沙之害。20 世纪 80 年代，村民们实在不堪其苦，开始了“保卫家园，向沙漠进军”的全民治沙行动。到如今，已将全村所有的宜林地带全部植树造林，林地总面积达到 16.8 万亩，其中沙柳 12.3 万亩。

近年来，随着周边地区的沙漠绿化不断推进，官井村的沙柳种苗年年俏销，日渐成为一项来钱快的产业。从去年开始，官井沙柳种苗以其成活率高、品质好、颜值高而销往阿拉善盟，除了要满足杭锦旗和达拉特旗治理库布其沙漠的需要外，还肩负起为腾格里沙漠再添绿的神圣使命。

一到草木萌发的季节，官井村有林户动员所有劳动力，一头扎进沙柳林，开始收割、切段、打捆、运送、装车。时令不等人，要赶在栽植季节最大批量出货，就要和时间赛跑。全村乃至周边地区的剩余劳动力远远满足不了用工需求，要货的订单从四面八方传来，村民顾不上惊喜，谁能雇上高效劳动力，谁就是赢家。

韩三小、王二娥夫妇是官井村最有名的种苗好手，全程操作自如且产品质量无可挑剔，因而成为最抢手的“打工仔”。别看王二娥一个女人家，干这一行丝毫不输给男人，一天能挣 500 多元的劳务费。这个收获季，夫妻俩每天都有千元进账，前后务工一个月，就有 3 万元揣进腰包。

村民霍二小，拥有沙柳 2000 多亩，今春种苗收入可达 2 万元。另一位村民祁良军，拥有沙柳 1500 多亩，今春种苗收入也可达到 2 万元。像他们这样的林业大户，全村共有 65 户，他们共同组建了当时全区首个林业专业合作社——达拉特旗绿森源林业专业合作社。合作社由该村村支书周玉等三人牵头负责，对外联络市场，拓展销路；对内组织货源，管控质量。“今年如果劳动力足够，有林户的收入远不止这些！”周玉书记满怀信心地说。

“今年腾格里沙漠绿化本来订货100万株，只因为我们的劳动力不够，不能及时发货，最后只发了30万株……”这是周玉书记始终不能释怀的憾事。

全村的12.3万亩沙柳，每三年平茬一轮，每年就有4万多亩沙柳可作种苗销售，可谓货源充足。可村里及周边地区的农村劳动力日益老龄化，加上沙柳林地里的交通不便，种苗打理的机械化程度极低，所以，尽管不缺市场不愁销路，还是没能让所有的“摇钱树”摇下票子。

“明年，除了提前对接订单，还要在更大范围组织劳动力，最好及早培训外来务工人员，争取不输在人为因素上！”周玉书记汲取了今年的教训，对今后的做法似乎已经成竹在胸。同时，他还强烈呼吁林业等有关部门能在先进机械和技术等方面予以扶持，让这个既添绿又添金的好产业走得更为稳健平顺。

此外，他还想到了谋划更长远的出路，“种苗总有一天会饱和的，那以后这些沙柳怎么办？”他说，要把这作为村里的优势资源，放在当地的电商平台上宣传展示，广泛招商引资，寻求合作项目，探索深加工或者什么别的出路，让这些与官井村人的命运息息相关的沙柳产业有个更加美好的前景。

第六章

金琦，征服沙漠的先驱者

中华人民共和国成立后的第一个春天，也就是 1950 年 3 月，达拉特旗迎来了一位学有所成的大学生——金琦。

金琦是鄂尔多斯第一个林业工作者，他被分配到达拉特旗工作，上任过程是从东胜出发，背着铺盖沿着库布其沙漠一路徒步考察，整整走了半个月，在达拉特旗的张天营子村落下脚来。他看准了张天营子的水土条件，在这里结识了徐治民，在他的指导下，徐治民的植树造林事业如虎添翼，硕果累累，后来成为全国治沙劳模，全国三届人大代表。金琦在这里创建了鄂尔多斯第一个绿色基地——张天营子苗圃。从此以后，金琦开始了他为达拉特旗播青植绿，改造沙漠，为达拉特旗社会主义建设做贡献的漫长生涯。

几十年来，他走遍了达拉特旗的村村社社，沙漠荒野，参与了盟、旗两级对库布其沙漠的数次综合考察，参与了恩格贝的考察建设，为伊克昭盟机械化林场进行了总体设计，为达拉特旗引进培育出北京杨、箭杆杨、银白杨、加拿大杨等优良树种，为达拉特旗设计兴建了园子塔拉、园子圪卜等一片又一片绿洲。他担任过技术员、林场场长、林工站长、林业局长、旗人大副主任等职。撰写过大量林业考察报告和学术论文，为达拉特的林业发展谱写了一篇篇富有生命色彩的篇章。

金琦出生在旧绥远省城的一个普通家庭。他的母亲喜爱植物，院子里栽满了花草、树木。年幼的金琦，在大人的指教下，辛勤地浇水，松土……谁能想到，这儿时的爱好，竟能成为他选择的终生职业。人生有各式各样的向往。说来好笑，他爱上植物这一行，还由于读了陶渊明的诗句“采菊东篱下，悠然见南山。”他觉得，人应该创造这样的环境，篱下采菊，花边煮酒……

于是，他以优异的成绩考入旧兰州大学经济系后，矢志初衷，又转到了西北农林专科学校，开始了林学生涯。

1950 年春，绥远省人民政府农林厅决定在各行政专署和市筹建一批林业机构开展林业建设。金琦同志当时在农林厅任技术员，副厅长杨泽霖同志找他谈话，决定派他和刚到农林厅参加工作的北农大学生舒畅同志到伊克昭盟筹建一处中心苗圃，为伊克昭盟的造林工作做好物质准备。当时农林厅拨给银元 100 元，在包头买马一匹、二饼子木轮车一辆，作为生产工具和交通工具。农林厅又派一名车夫，这样他们一行三人带着行李，用厅里发的几尺白帆布做了几个挎包，听说住店还需自带粮食，又买了一袋白面，渡过黄河进入达拉特旗，穿过库布其沙漠，踏上沟壑纵横的丘陵地带，走了四天到达东胜县城。在罕台川，当时沟里的冰没有消融，他们不明路况，车陷入冰窟窿，在寒冷的凌水中，他们奋战了一个多小时才脱险。下午，狂风大作，沙尘遮天蔽日见不到一个人影，迷失了到东胜的正路，人困马乏，饥寒交迫，在接近黄昏时发现一户人家，经打听才知道多走了 20 多里路。

到了东胜，他们住在县政府。盟公署设在伊金霍洛旗的新街镇，他们又到新街镇见到盟委高增培书记，陈述了来伊克昭盟的任务和具体工作内容。高书记说公署不久也要迁到东胜，让他们仍回东胜，把苗圃建在东胜，并指示县政府帮助解决土地和建圃物资。

当时的东胜是一座小土城，一条小街，店铺很少，居民只有几十户，城内大部分是荒野，除旧政府留下几处机关旧址为砖木结构外，都是低矮土屋。城里只有南北门，东门是土城墙的一个豁口。邮局只有一部电话两个人，仅通县政府和省邮局。理发店一个老汉，一把推子还缺齿儿。个别饭店内有桌凳，大多是在坑上放个小桌，卖油糕粉汤等农家饭菜。在归绥（现在的呼和浩特）和北京等城市居住生活过的金琦和舒畅，没有想到还有这样简陋的县城，一时不能适应生活条件和环境，感到失望。经过接触，受到热忱、谦虚、朴实、没有官架子的老同志们的感染，以及对他们工作积极热心的帮助，失落的心情逐渐稳定下来。当时东胜县还没有进行土改，政府冯县长派专人协助他们在城东门外拨土地500亩（后来成为盟委、林业局、政协等机关所在地）作苗圃。他们租了两间房，又吸收了两名工人，农林厅又派来会计和行政干部各一人，共七人开始雇工打井。没有砖窑，就拉石头砌井，安装畜力水车，平整了部分土地，把苗圃生产用地建设起来。

这年秋季，省农林厅调金琦回去工作。不久，厅领导说，根据计划和地方的需要，决定在包头成立“黄河造林局”，在达旗成立一个苗圃，设立“林业办事处”，这是在伊克照盟建立的第二个直属农林厅的二级林业机构，让金琦先去达拉特旗调查一下社情。金琦随即赴达拉特旗展旦召（当时达拉特旗政府所在地）见到郝文广书记，他派建设科副科长葛什达赖陪金琦选择苗圃地址。经数天调查了解，最后决定选在自然条件好、土质优良、群众居住集中的树林召。当即划地130多亩（即后来的旗果园所在地）。经郝书记介绍，金琦在万太兴见到当时任部队政委的林国梁同志，他派兵协助打井、犁草坯砌井。由于达旗党政军各方积极支持，厅领导当即决定在达旗首先建一个苗圃，经费由农林厅负责拨小米15000斤（当时拨款以小米计，每斤0.08元），人员方面派当时呼市省农牧学校应届毕业生于忠为技术员，财政厅干部秦晋生为会计，调省林业试验场技工2人，新吸收工人3名，共8人。他们住在树林召王贵村老乡家，因时间短促只进行了小面积造林，完成了简单的土围墙，冬季金琦和干部都回厅学习，留工人驻守。

翌年春季，金琦他们返回树林召，根据农林厅计划要设立“林业办事处”，任命金琦为主任。要求起点要高，认为苗圃在树林召面积小，且打深井又困难，水源不足。经再次调查访问后发现三顷地乡的张铁营子村一带，有浩庆河水浇地的条件，通过与旗政府商议拟在上述地带建立苗圃。但这个地带所有土地属章景文（原达拉特旗二王爷、警备司令，九一九起义人员），根据土改前的政

金琦

策，应通过他解决，又经旗政府研究，派葛什达赖同志陪金琦到德胜功村见到章景文。听了他们来的目的，工作任务、性质，他对种树栽果树很感兴趣，很痛快的答应用地。以后继续由奇世明同志协助，先后在张铁营子解决了千余亩土地，规划了播种区、插条区、移植区、引种试验区、母树林区、经济林区，完成打井修渠工作。同年夏季，农林厅拨款400元盖土房7间，张铁营苗圃正式成立。

1951年是成立林业办事处以来金琦最忙碌的一年。为了把达拉特旗的林业工作搞大、搞快、搞好又派出数名同志利用土改机会随土改团分赴达拉特旗东部的吉格斯太、白泥井区划拨了多处林业苗圃用地。白泥井土改团长马丕峰同志对这项工作很重视，在他支持下划出最好的土地300亩做为苗圃；这是林业办事处建立的第二个苗圃，这个苗圃土质好．有河水、井水双灌的条件。区委书记田德雨还亲自帮助他们领工打井，后来的事实证明，该苗圃是伊克昭盟各旗县中，是条件最理想的一个苗圃。由于党政各级领导的支持重视和上级林业经费的即时到位，达拉特旗林业发展起到显著作用，培育出大量优质树苗，除本旗自给外，还供应其他旗县。

林业办事处既是一个行政单位，确定全旗年度生产计划，宣传群众组织发动群众搞育苗造林护林工作，又是一个生产单位，领导苗圃搞育苗，无偿供应群众营造农田防护林、行道树、渠堤堰道林以及房前屋后私有林。因为已进行土地改革，群众是土地的主人，所以每当区、乡号召义务造林，不论为集体和国营造林都能自带工具，拿上干粮参加；三顷地乡有规模的农田防护林是经过省林业营林测量队经过两个月的测绘设计形成，有 10 里长、20 米宽乔灌结合的整条农田防护林带，是组织各村男女社员义务完成的，这是伊克昭盟最早出现的农田防护林带。

中华人民共和国成立初，达拉特旗沿黄河岸西到杭锦旗边界的王方营子，东到准格尔旗边界呼斯太河梁家圪堵村，全长约 400 里的黄河岸，分布有大面积的雾柳、杞柳和少量胡杨。库布其沙带罕台川西部有大面积茂密的柠条、洋柴、部分蒙古短柄桃、木蓼、少量木瓜野葡萄分布。东部的保少圪堵有大面积沙柳林。林业办事处兼负责对这些天然林保护，组织采伐、审批、指导工作，因此一年四季都很繁忙，因为达拉特旗的工作量大，任务重，省农林厅从林训班毕业生中先后派来技术员付增禄等 2 人，林业办事处编制达到 10 人。

每年冬季全省各专区，旗、县林业机构的场长、主任、会计、技术人员都要分期分批集中回绥远省林业局搞汇报、总结，参加整风审干运动。重点是学政治、学政策、批判资产阶级思想、树立革命人生观。

1954年，绥远省和内蒙古自治区合并，机构调整，撤销了林业办事处，下放到旗，行政业务归达拉特旗建设科，金琦他们从旗政府树林召搬回张铁营子苗圃，专搞育苗生产。

机构下放后，金琦在张铁营子和白泥井苗圃专心致力于培育树苗的技术工作。他是一个出了家门进了校门，出了校门进了机关门，所谓的“三门”干部。在中华人民共和国成立前一年从学校“森林科”毕业，在那个年代，学生很少亲自动手参加劳动，学生的育苗工作都是工人干，在他们看来，造林栽树是工人上山挖坑，他们植苗。中华人民共和国成立后，金琦开始改变观念，放下架子，注重理论联系实际，广泛学习林业知识，深入调查研究鄂尔多斯、特别是达拉特旗的气候、土壤、水文、植被等情况。虚心向老同志学，向老林业工作者学，向治沙、治水、治山的农牧民学；利用学术交流会学，去东北、山西、陕西等地开会的机会学。这样不断充实自己逐步达到学以致用，不但能负责育苗工作，而且能在营林管理等方面开拓创新。

中华人民共和国成立前，鄂尔多斯人工林很少，林种简单，乔木主要是零星柳树、天然榆树，达旗沿滩虽属农区但杨树也很少见，考虑到杨树的适应性强，易成活，生长快，用量大，金琦从培育杨树开始，先后引进了青杨派、黑杨派、白杨派、胡杨派多种杨树，其中主要有加拿大杨、新疆杨、银白杨，箭捍杨、小叶杨、青杨。从天津、北京引进几十种速生的杂交杨树试种。其次引进了洋槐、国槐、紫穗槐、沙枣、桑树、水曲柳、花曲柳。针叶树也培育成功了，有油松、侧柏。经济林引种了油料树种木瓜、胡桃、板栗、花椒，花冠引进了榆叶梅、丁香、樱桃、山杏，培育了葡萄果树，这些后来因上级反对苗圃搞多样化而停止培育。

1959 年是中华人民共和国成立后不平凡的一年，根据林业要大发展的需要，达拉特旗政府增设林业治沙局，金琦被调回任副局长，在盐店、树林召、昭君坟等五处分片设立了林业工作分站。

1959 年到 1966 年，政府为了加速发展林业资源，促进工农牧业，减轻生态灾难，号召各乡、队（村），不论规模大小，都要因地制宜，成立治沙站或林场、苗圃、果园。在“文化大革命”前基本按要求组织人员，划拨地片，拟定任务，确定计划，自投资金完成。根据规模大小，林业局支出部分种苗费、水车工具等。当时在树林召乡就有园子塔拉林场、常太林场、三顷地林场、靴铺窑子林场、焦家圪卜林场、张铁营子果园、白柜果园、五股地果园等几处成果显著的民办林业生产单位。在一些重点乡办林场，还派出行政和技术干部蹲点，树林召乡园子塔拉林场就曾派当时的旗委副书记刘占江、乡书记赵文义以及金琦等专业技术人员蹲点。一度还有林业部的两位工程师短期指导。时任伊克昭盟盟委书记暴彦巴图在参观视察后，数次组织各旗的书记、旗长，局处长、乡干部前来参观，全盟掀起一个“蹲点树样版”热潮。暴彦巴图书记和盟常委们根据这里的造林治沙成果总结出“种草、种树、基本田”“七字诀”，作为伊克昭盟发展的出发点和落脚点，成为伊克昭盟立盟之本，体现了毛主席提出的“农林牧三者互相依赖缺一不可”的指示。正在这个时期，园子塔拉林场的场长徐治民成为全国林业劳动模范，当了全国人民代表出席了第三届全国人民代表大会，周总理为他颁发了奖状。

国营林业事业机构在五六十年代，发展很快也起了很大的作用，沿库布其沙带从东向西有吉格斯太召坡林场、白泥井林场、树林召林场、展旦召治沙站、沙坝子青年治沙站、白土梁机械林场、中和西林场；苗圃有张铁营子苗圃、四村乡的羊场苗圃、高头窑乡的吴四圪堵苗圃，而且各场站都设有数处作业区，这些机构对达拉特旗荒地、沙地的治理起到了很大作用，在种苗、技术、劳动、机械等方面有了强大的实力，但后来因经济和其他原因进行了精减或合并。

林业技术人员在各个阶段更是没有落后，他们对工作不退缩、不推诿、不挑捡，出于对事业的热爱、对技术的专注、党对他们的

达布希拉图摄

爱护培养，他们在林业岗位上从不言苦，既是群众的老师，又是群众的学生。他们写经验、抓试验、搞项目、写论文、谈经验教训，在浓厚的学术气氛中摸爬滚打，一个目的就是加速发展林业，早日达到改造沙漠，绿化祖国，实现大地园林化。那个时候还没有提出什么生态平衡、生态系统，但实际上他们做的都是生态建设这件大事。

达拉特旗是金琦同志步入社会干革命工作的起源地，他对这里的大自然情有独钟，几十年的工作历程中，他不辞劳苦，不畏风寒酷暑，足迹踏遍达拉特大地的山山水水，尤其在1959年组建林业治沙局到“文化大革命”前后，对梁外水土保持区的沟沟岔岔，库布其沙漠的纵横地带，黄河平原区的河岸渠堤，全旗当时的23个乡，225个村，许多地方他都亲自勘察过，对各个不同地区的地形、地貌、土壤、水分、小气候条件和社情等情况有所了解，以便为当地的林业发展掌握主动，提出见解，在治理上有方法，技术上有措施，做到应对有谋有略。严格遵守依照客观自然规律、气候因子，因地制宜，适地适树这个准则。在各级领导和群众以及专家学者面前有发言权。这对他后来参与治理包西公路孤子梁段沙阻工程，伊克昭盟机械化造林总场的勘察设计，包神铁路治沙工程的论证、完善其施工设施，以及达拉特旗几次“农牧林水生产规划”都发挥了应有的作用。

金琦对达拉特旗的土亲，对人也亲，在助他体现人生价值的这块土地上，和过去历届的老领导和同事们、老乡们之间的同志情，已深化为朋友情、乡土情，有的农民同志早已不称其为主任、局长，而直呼“老金”或“老金哥”。在“文化大革命”时期，一些相识的农民朋友看见他被专政、管教、批斗的惨景时，偷偷对他说“还是到咱们那里种树吧！”这种真诚的、朴实的正义亲情，使金琦刻骨铭心，难舍、难忘！“文化大革命”后，金琦也曾有机会到别的机关工作。但想到达拉特这块他熟悉、也熟知他的热土，他毅然决然地留下来，决心在平凡的岗位上取得不平凡的成绩。

那一场史无前例的浩劫结束后，金琦被“解放了”，又能为党工作了，又能植树造林了。金琦面对过去的时间和遭到严重破坏的林业建设，心情是复杂的。当时，许多同事和朋友劝他先养养病，落实落实个人政策。他也确实对这场动乱怀有不解。但是，一看到那被任意砍伐的树木，他的心就软了，意志就坚定了。落实个人政策是小事，恢复林业建设事关重大。于是，他和大家一道，首先抓了社队林场的恢复和筹建，技术人员的培训，加强丁林木管理。从1970年到1975年，短暂的几年中，在金琦和全旗林业干部职工的努力下，全旗社场就发展到200多个，一片片绿洲不断向沙漠的深处扩展。

有一年的夏天，连日在野外酷暑中工作，他累倒了。恰在这时，爱人从包头来信，告知小孩病重，要他赶快回去。

他怎么能回去呢？他一走，就等于场长和技术员都走了。眼下，正是剪枝修杈的大忙时节。他强撑着又苦干了几天。工作告一段落后，在工人们的再三相劝下，才请假赶到包头。不幸的是四岁的孩子在当天不幸夭折，他是何等的痛苦呀。但是，在他沉重的心上，还惦记着那刚刚成长起来的一棵棵幼苗，那是库布其沙漠中的希望！于是，他料理了一下家事，只住了三天，又急匆匆地返回苗圃……

金琦先生于2015年3月故去，享年九十多岁。

金琦同志的一生，是辉煌灿烂的一生，是硕果累累的一生，是实现自身价值的一生，是奉献博爱之心的一生。他不但刻苦钻研、学识渊博、人格高尚，还忠诚于党、热爱事业、热爱人民，他以赤胆忠心、不懈的奋斗，给达拉特大地带来了一片绿色，为达拉特蒙汉各民族人民拓宽了致富之路。他留下多篇论著，是人类植树造林、改造沙漠、建设生态、奔向富裕的利器，也是留给人类的宝贵财富。

我多年的文友宁志一兄，曾任鄂尔多斯市林业局局长多年，是金琦先生的老领导，也是老朋友。他听到金琦同志与世长辞的噩耗，写下了悼念诗词。现抄录如下：

沁园春

——悼达拉特旗林业带头人金琦

达旗风光，百里长滩，荒沙飘渺。
望千山梁外，石乱水黄。
孔兑如狼，洪灾长闹。
山川风啸，原驰惨象，激金氏率众挥锹。
看今日，地被彩衣裹，分外妖娆。
山光水色，滩涂田园，全不输江南俏娇。
喜群山披绿，百花多彩；
李紫果朱，竞展风骚。
金琦西去，万众失欢，泪飞成雨浇眉梢；
息好矣，荒漠人与物，念你朝朝。

第七章

徐治民，沙海里追逐绿色的梦

一　走向绿色，造就人生辉煌

徐治民是一个农民。但是，在他头上却萦绕着好多不寻常的光环。

他在达拉特旗，乃至鄂尔多斯市，有着四个第一：

一、他在鄂尔多斯市，是第一个以植树造林模范的身份参加全国群英会的人；

二、他在鄂尔多斯市，是第一个受到毛主席接见的人；

三、他是达拉特旗的第一位全国人民代表大会的代表；

四、人民政府给活着的人立碑，徐治民是鄂尔多斯第一人。

徐治民我认识。所谓认识，只不过是见过一面而已。20 世纪 70 年代初，他在盟里参加一个什么代表大会，当时当记者的我采访过他。他给我留下的印象是，话语不多，不善言辞。问他一句，回答一句，吸旱烟，且烟瘾不小。

徐治民头上的这么多光环是怎么来的呢？

那是他与天斗、与地斗、与沙斗、植树造林、改造沙漠赢得的荣誉。

在库布其沙漠中段，有一个曾经在地图上消失过的村庄——园子塔拉。

历史将永远铭记，这里曾经发生过毁灭与创造的变迁。50年代中期，疯狂的沙魔毁灭了园子塔拉。这种毁灭虽不像大地震到来时那样突然、那样残酷，然而任何灾害都是无情的，当一年比一年肆虐的沙害把村庄里所有的人家都撵走时，人们扒了门窗，挑了屋顶，留下的破房圪洞，大半截都掩埋在黄沙里，社员们赶着车，挑着担，流着泪，一步一回头地离开祖居的家园，那情景好不凄凉。

迎着当年逃难的人群，有一批治沙勇士背着铺盖卷儿，背上插一把铁锹，开进了园子塔拉。经过连年累月的艰苦奋战，英雄的创业者又在沙漠里重新创造了一个新的园子塔拉。

这是鄂尔多斯造林治沙史上的壮举！这沙漠与绿洲的变迁，是党的阳光照耀，是群众的汗水浇灌，有各级领导的光合作用。然而，演唱这支绿色的充满生机的歌，谁是领唱者呢？

他叫徐治民。在园子塔拉绿荫蔽天、一年比一年更加生机勃发的时候，他老了，白发苍苍，腰弯了，弯得几乎成九十度角，据说患过先天性佝偻病的人就是这样。而徐治民的腰是在“后天”的劳动实践中累弯的。劳动可以创造美好的世界，在社会发展史上，劳动曾经造就和美化了劳动者本身，而我们眼前的这位老劳模，在长期的艰苦劳动中，身姿却变得有些畸形了。

在村子北头，有一个绿树掩映的小院落，这是徐治民的家。在他的箱子里，保存着一笔尊贵的财富：有他四十多年来受到乡、旗、盟、自治区及国务院表彰的各种奖状，约有百十多张；那一颗颗灿烂夺目的奖章，有钢质的、铜质的、银质的，闪耀着珍贵的光芒。这些奖品永远召唤着他那难以忘怀的记忆：他曾经受到自治区人民政府八次表彰；他曾经作为第三届全国人民代表大会的代表，走进过人民大会堂；时逢国庆十五周年，他曾经出席全国群英会，上过天安门观礼台；他曾经两进中南海，受到伟大领袖毛主席和周恩来总理的亲切接见……然而，这些荣誉饱含着他几十年艰苦创业的心血和汗水啊。

二　结识林业干部，信心倍增

1951 年春天，刚刚获得解放的土地上充满生机。伊克昭盟的第一个林业干部金琦，从东胜出发，沿库布其沙带步行二百余里进行跋涉考察，最后在达拉特旗的张天营子落下脚来，在这个依沙傍水的地方，创建了鄂尔多斯高原的第一个苗圃。事有凑巧，还有一个先一步在这儿落脚的逃荒者徐治民，因为爱栽树，看准了这块地方的风水，在这里安下家来。张天营子这地方土地平坦，有一条壕庆河长年不息，环村流过，实在是个宜林宜耕的好地方。一个专家，一个土著，两个栽树迷很快就打上了交道。徐治民一边帮金琦干活儿，一边请教栽树育苗的学问，金琦添了一个好帮手，岂能不热心地教，两人的兴致是那么高。徐治民的老家原先在达拉特旗梁外山

徐治民

区的公乌素，老辈人爱栽树，到徐治民这一辈，传给他的除了这个爱好，还有一片林子。那时节穷人栽树好难，一是没有地，二是“台吉”要分股子，好不容易保住的一片林地，徐治民见缝插针地往上栽，天天盼着树苗往大长啊，不想后来竟在一日之间，全被日本侵略军砍倒做了电线杆子。丢了守头，徐治民一路逃荒来到这里。中华人民共和国成立后，国家号召多栽树，又有了技术人员作指导，苗圃里育出了绿茸茸的苗条，真叫徐治民高兴哪！这一年，他担任着互助组长。在他的动员和带动下，全组十几户人家，每家都在耕地上划出三分树地，栽上了树苗。这些祖辈饥肠辘辘、刚刚获得土地的农民，一心渴望从土地上收获永远吃不完的粮食，能这样做多么不容易啊！这里没有命令，没有逼迫，全靠徐治民这个互助组长耐心的宣传动员工作。接着，他领着人们栽下了达拉特旗境内第一条林带，长四里半，宽三十行。第二年林带就长得一人多高，繁茂的枝叶挡住了风沙，百十多亩农田获得了前所未有的收成。这以后，这里群众的栽树积极性更高了。不久，内蒙古派来了一个营林调查队，帮助制定绿化方案，调查队的同志每天早出晚归，整整规划了一个月，徐治民自动揽了个扛旗子打桩的差事，每天跟着搞测量。看着这个自动跑来帮忙的后生，调查队的领导对队员们说：“看来我们这个点是选准了，这个地方有徐治民这样热心搞绿化的人。”

调查队一共规划了八十一个网眼的林带种植蓝图，每个网眼六百亩大，一共可营林造田四万八千亩。徐治民被这个规划激动了，他立即领着人按调查队插下的桩子开始栽树，先是以互助组栽，后来以农业社栽，从张天营子一直栽到了树林召附近的三顷地。当今天人们沿包准公路南行时，一出树林召就看见一条条老林带，断断续续地从三顷地一直通到张天营子，二十多里路上，一片郁郁葱葱。这就是当年徐治民领人栽下的树苗。这也是达拉特旗的土地上第一次按照科学规划进行的绿化实践。

1955 年春天，徐治民被选为造林模范去东胜参加全盟造林群英会，这次会上，徐治民大大开阔了眼界，他在领奖台前双手接住那印着大红“奖”字的茶缸子时，激动得手都在发抖。这时候他已经是四十岁出头了。俗话说：“三十不栽杨，四十不插柳”，徐治民恰恰在这时候立下了更大的雄心壮志。

三　有人被沙害吓跑了，徐治民却迎难而上

离张天营子十几里路，南面有一个小村子叫园子塔拉，这里居住的十九户人家，在 1958 年终于被风沙撵得住不下去了，他们掏了门窗，从房顶上拔几根椽子，流着眼泪向北迁移了。

在乡党支部开会研究安顿这些群众的生活时，徐治民提出要去

治理园子塔拉，把这个被风沙夺走的村庄再夺回来。徐治民是个实干家，党支部研究批准了他的请求，并给他派了二十个青年后生作助手。1958 年 5 月 13 日，徐治民一行二十一人，进入了库布其沙漠北缘的园子塔拉。

这里的农田全部被沙压，昔日的村庄已成为一片废墟，他们在迁移户留下的破房圪洞里安下家，一甩铺盖卷儿就投入了战斗。

破房圪洞里没门没窗没房顶，早晨带了干粮出去，晚上回来时，锅碗瓢盆都得从沙里往出刨。

要栽树，先固沙，他们先在风口上种植沙蒿。可是柔嫩的小苗刚出土，就全被风沙刮死了。看来沙蒿是种不起来，徐治民就领着人们到七八里远的白敖包壕掏沙蒿，一背一背地背回来往上栽，栽一行沙蒿才能植一行树，而树苗又得到张天营子去背，那时两地之间没有路，更行不得车，仍然是靠人背。在深一脚浅一脚的明沙窝里，徐治民领着年轻人们不知背了多少回，不知流了多少汗，肩膀上的皮掉了一层又一层，在园子塔拉栽下了一行行杨柳树。

治理沙漠，光有苦干还不行，不动脑筋，汗水就会白流。此时徐治民真庆幸自己早年认识了林业技术员金琦，在后来与内蒙古林业调查队的同志一起搞测量时，脑子里还真装了一点有用的东西。他在园子塔拉栽树，首先是测量风向，然后垂直设障，再顺障植林，他总结出一套封沙、固沙、造林三结合的办法，为治理园子塔拉找出了成功的方法。

隆冬时节，什么也干不成了吧？徐治民又研究出了打沙障的办法，即把沙土拢成一条一条的坝，这样第二年春天就可以在沙障后面栽树。冬天打坝，春天栽树，一点也不误工。

后来，他们又在水位浅的地方挖了三眼旱井，徐治民用他早年学来的育苗知识，建立了育苗基地，他领着众人担上水翻过那一道道沙岗，一棵一棵地去浇灌那些树苗。园子塔拉呀园子塔拉，在这里栽活一苗树，实在是不容易呀！

50年代确实是一个创业的年代。以徐治民为首的园子塔拉的创业者，生活艰苦，精神豪迈，有他们当年的战歌为证："三间房子两无遮，露天吃饭雨淋肩、数星望月沙埋脸，生活再苦心里甜！"这首朴实无华的创业歌，映照出治沙英雄金子般明亮的心。和今天南疆勇士"亏了我一个，幸福十亿人"的人生观一样，反映了一个历史时代人们忠实于国家、忠实于社会主义建设事业的崇高理想和执著追求。

经过几年苦战，治理园子塔拉的宏图初见成效，昔日迁出去的人家又开始陆陆续续地往回迁了。这个事实鼓舞着创业者，同时也使创业的队伍不断扩大。到1964年，园子塔拉的老住户全部搬回来了。当年的伊克昭盟盟委书记暴彦巴图，亲自视察了这个曾经从地图上消失后又重建的村庄，他在这里看到了创业者缔造了绿洲，听到了群众重建家园的欢笑，听到一曲绿色的生命赞歌，这位一贯主张种树种草的书记，从群众生动的实践中看到了绿化鄂尔多斯的希望，欣慰之情，溢于言表。不久，自治区人民政府副主席李植前来视察，他在沙坡上转、在树林里走，他被徐治民等人艰苦奋斗的精神感动了，握住徐治民的手说："很快给你们上电！"

时隔不久，园子塔拉真的通电了，抽水用上了电动机，社员家里点上了通明的电灯，群众像又一次欢庆解放一样，欢腾的浪潮久久不能平息。是的，怎么能不激动呢？当时全旗农村都还没有电灯，坐落在库布其沙漠里的园子塔拉却最早迎来了现代化的光明。电力的输入，将这里推进到了一个新的历史时代，无疑将使生产力获得前所未有的解放！这时候，徐治民想的是：要珍惜这巨大的关怀，要继续创业。

徐治民没念过书，这个没文化的领导人在以更大的热情和气魄谋划新的建设蓝图时，首先组织社员盖起了一座宽敞的文艺活动室，在生产资金还比较困难的情况下，他下决心批准花了一千元钱，为青年人买了很多书籍，他认为园子塔拉新一代人的成长需要读书，娃娃们是未来的栽树者啊。在园子塔拉生机焕发的时候，鄂尔多斯的第一批知识青年自愿报名来到园子塔拉安家落户，来到了这个沙漠中传奇般新生的乐园。徐治民把这些年轻人当成宝贝，因为他们是“知识青年”。他兴奋极了。1965 年冬天，徐治民自己也把家搬进了园子塔拉，他觉得自己在创造中找到了新的归宿，他决定这一辈子再不挪窝了。直到这时，这个撇了家治沙的人屈指一算，才恍然记起自己已经只身在这里住了八年之久。

昔日黄沙滚滚、草木不生的园子塔拉，变成了绿树葱茏、水清苗壮的新天地，徐治民成了全国知名的劳动模范，园子塔拉受到了国务院的嘉奖。周恩来总理和乌兰夫主席亲笔题名的奖状、国家林业部颁发的锦旗，挂在新盖的文化室里，鼓舞着园子塔拉的群众在新的创业道路上前进。

四　“文化大革命”的磨难，并没有让他失去绿色的梦

自古以来，人们就把植树看成是美德、善行。所谓前人栽树，后人乘凉，造福子孙。但“文化大革命”的风暴刮来时，万树葱茏的园子塔拉竟毫无抵御能力，徐治民这个曾经战胜了风沙的英雄，也遭受了令人痛心的磨难。

徐治民被打成了“走资派”，罪状是“埋头拉车不看路”，搞“唯生产力论”。于是先隔离，后“群专”，在全公社进行游斗。当他被拉到张天营子大队批斗时，这个当年徐治民栽过很多树的地方，人们看到这个拼上命为集体栽树的人落到这步田地，有些上年岁的人竟在批斗会上哭出了声……

人，历来不一样。

有人在遭受磨难，有人却在得意忘形。

有人在悲痛哭泣，有人却在兴高采烈。

徐治民弯着腰，他那已经累弯了的腰，弯得更低了。他不住地咳嗽着，额头上的汗珠一直淌到颈下。不久前他累得大口吐血，昏迷在沙漠里，他刚从医院出来时间不长啊！

七斗八斗，不许种黄豆黑豆，人们的心乱了。尽管在大喊“以粮为纲”，人们的口粮却不够吃了。园子塔拉几年工夫就斗穷了，正所谓“没粮食，讲路线；没老婆，走佳县”。这时候有人要动手砍树了。树是徐治民的命根子，也是园子塔拉的命根，徐治民掌权时，谁敢砍一苗树？现在的徐治民，谁都可以用手掌在他的脖子上砍几

下，一个反革命，岂敢阻挡无产阶级革命造反派的革命行动？不过，好在徐治民的老伴儿还算是“公民”，凭着这个政治面貌，或许可抵挡一阵子。于是，徐治民派老伴儿出马去阻拦了，结果被“红卫兵”一膀子把她挤倒在地，爬不起来。

树还是被砍了，徐治民还落了个“幕后策划者”的罪名。从此以后，他的心泡在泪水里了，他天天都在心里无声地哭泣着。

这是怎么回事啊？刚解放时政府号召每人栽十苗树，从那时起他就拼上命多栽树，栽了几十年，反倒成了罪人。当他在一个偶然的机会里，遇见当年给他传授植树技术的老伙伴金琦时，一眼看见他的胸前也挂着块黑牌子，他的心更沉重了。

灾难深重的一场浩劫，徐治民被整整斗了八年，园子塔拉整整八年没栽一棵树。在这段漫长而艰难的岁月里，徐治民被罚劳动，连个栽树的差事都找不到，园子塔拉的生产日程里，已经取消了栽树这个项目。他从被砍倒的大树旁捡起一把被践踏过的嫩枝，趁人不注意时，一枝一枝插在沙坡上。这哪里是在栽树，他是在和着泪水播植绿色的心愿和如醉如痴的希望……

园子塔拉终于又盼来个穿青换绿的季节。在一个阳光明媚的春天，徐治民又重新领导人们开始栽树了。这时候他已经年逾六十，虽然饱经政治生活的忧患，但他始终以一个共产党员的宽大胸怀对待世界。他不计较批他斗他的人，只要他们丢开棍子，拿起锹头去栽树，徐治民的心头就热了。有人向他承认错误，他说：“我不恨你们斗我，就恨你们砍树，今后多出力气往上栽树就行了。”他衡量这些人认错态度的好坏，是以栽树为标准的。至于个人方面，他没有时间要求落实政策，去讨还经济损失，他要抓紧时间栽树，把那些年失去的时光补回来。这以后，徐治民又扛着锹走在了头里，一年四季不适闲，在长期的艰苦劳动中磨练出来的身子骨，还硬着哩！

关于“文化大革命”的那些事，他实在没时间去想它了，只是当他看见有些社员盖房子要跑到远处高价买椽子时，就勾起了一番心事：“文化大革命”那八年要是栽上树，现在正好是椽材呀！

五 克己奉公，不谋私利，心里只有群众

经过几年建设，园子塔拉又重现出蓬勃生机，实有林面积已达到八千余亩，每年间伐树所得林业收入可达七千余元，只要坚持不断造林，有计划地间伐，这笔收入可以不断增加，并实现永久性的“良性循环”。从沙漠中夺回的土地，已成为绿树环抱的林网田，格局整齐，年年丰收。林道上，条田边，徐治民走进沙漠时栽下的白杨树已有胳膊粗细，铁干青枝，格外壮观。

在治理园子塔拉的艰苦劳动中，徐治民积劳成疾，先后三次累得大口吐血，跌倒在工地上，他又一次病倒了。经过两个多月住院治疗，医生让他继续休养，倔强的老汉硬是柱着棍子出了院。

这次住院，共花了六百多元医疗费。树林召公社党委考虑到这位老劳模生活困难，对建设园子塔拉有过特殊贡献，提出将这笔医疗费在园子塔拉集体林业收入的存款内给予报销。当时集体存着一万多元钱，而这笔钱的开支权又在徐治民手里。但他没有这么做，

他对公社的领导同志说：

“我的生活倒是有些困难，不过，再困难也不能花这笔钱。”

村子里有人劝他说：“公社叫你花你就花，你再花这么几个六百元，园子塔拉的人也不会有意见。”

老汉听罢，摇摇头说：“这钱是大家的，我不能花。”

有些人对徐治民这种做法很不理解，背地里议论说：“这老汉确实是老糊涂了。”

这话辗转传到徐治民的耳朵里后，他恼火了，说：

“谁说我老糊涂了？再糊涂的人也懂得爱钱，我是不愿意这么做。建设园子塔拉的人很多，大小不等都出过力，我花六百，别人也能花个三百二百，少的也能花个几十，谁家没个缺钱时候，这点钱还愁分不完？”

徐治民的一席话，说得人们心里热乎乎的，说老汉糊涂的那些人很感愧疚，大家又一次看见了老劳模赤诚的心。

徐治民克己奉公，几十年来甚至没用过集体一根木料，他的儿子要做家具，徐治民只批准他砍了一棵老化了的歪脖子榆树，打成几截后再接起来，才凑合着够做立柜的后框。园子塔拉有的是通天白杨，徐治民也有些太苛刻了吧？不是，老汉在他管办的事情上，从来不忘严格要求自己，别的社员可以挑好树买，对自己家则严格得常常有些出“格”。外边有些到园子塔拉买树的人，嘴里絮告着讨便宜的话，手里殷勤地给他递上一支支高级过滤嘴香烟，这时候徐治民总是固执地抽着自产的旱烟，不屑一顾。也许是老汉上过国宴，见过大世面，曾经沧海难为水吧？不，老汉就是这么个人，一就是一，

徐治民功勋碑

二就是二。

不栽树就要受穷，这是徐治民在三十多年治沙实践中总结出来的认识。为此，他在自己年逾七十高龄的时候，在园子塔拉已经绿荫蔽天的时候，仍然不忘继续栽树。他自己甩不动锹头子，指挥着社员们不断扩展林地，年年更新伐旧，年年创新发展。徐治民说："这样才能年年有收入，永不断茬。"为了进一步发展林业生产，他又亲自规划，指挥社员们打下四眼深井，由于机电井配套材料紧缺，派出去的人买不回东西来，徐治民就亲自出马，他搭着小胶车；或者拄着棍步行，七十二岁高龄的人，到旗所在地的有关部门连跑三次，打一个往返就是七十多里路程。到底是大名鼎鼎的老劳模，加上他对集体事业的一片热心，有些物资虽然紧缺，徐治民的面子还是顶事，所需物资很快就都购置齐了。

打这几眼井要花很大一笔钱，资金从哪里来？就是徐治民管理的林业收入存款；原来这笔钱怎么花，他心里早就有了安排。

又是一个植树的季节，春日融融，这是绿化者创业的大好时光。这年春天，徐治民又领着社员们栽下六千多株新苗；当新栽的树苗抽枝展叶时，自治区林业局局长那木同志和伊盟公署的领导同志视察了园子塔拉，那木看到群众都在自觉地听从老劳模的指挥，徐治民的绿化精神在这里已经蔚然成风！

六　珍宝，从京城带来的松籽

当桑、榆、沙枣、杨、柳等落叶乔木一度一枯时，园子塔拉的松柏树正枝繁叶茂，一片浓绿，这里已经由三季绿变成一个四季常青的地方了。说起这些松柏树，品种都格外名贵，它们能够在这库布其沙漠里生根，生长，实在是不容易。早在60年代徐治民去北京开会时，其时虽值隆冬时节，百里京城依然一片葱茏墨绿，造林英雄对首都的热爱，自然更多一层内容，他爱那一株株青枝铁骨的松柏树。徐治民毕竟是从库布其沙漠来的，他更爱自己的家乡园子塔拉。为此，他在会议组织游览时，无论是上香山、游北海、还是逛故宫，他都不忘一件事，在丛林中一粒一粒地捡树籽，他要把这些树籽带回去，种植在家乡的土地上。他拣树籽的兴趣比游览名胜古迹的兴致大得多，每天回到住地，衣服口袋里足足装着两大把。

正当他在园子塔拉开辟园地，准备着手育苗时，“文化大革命”的风暴刮来了，他只好把这些树籽精心保管起来，掖到房梁上一个极不显眼的地方。他的家被查抄过好几回，然而，只要他看到这个纸包还在，心里就获得了几分安慰。他在小心翼翼地珍藏着一个绿色的梦，那里面有着他深沉的精神寄托。为了安全起见，他后来又不得不几次转移地方，在整整八年时间里，他失去了很多宝贵的东西，但始终牢牢地保存了这些珍贵的树籽。直到70年代初，他被重新“解放”以后，才开始先搞小型试验，然后建立了育苗基地，孕育了多年的期望才开始得以发芽。

为了培育这些树苗，徐治民费尽了心机，终于成功了。当这些小苗被移出苗圃，在园子塔拉的沙土地上一年增一层新的枝叶，长成一片墨绿的高林时，徐治民非常兴奋，他觉得自己似乎一下子年轻了十几岁。后来，他又在这些树上不断采籽，建立了更大的育苗基地，培育出的树苗除自己栽植外，还成批供给旗政府所在地搞街道绿化。徐治民依然经常活动在苗圃里，精心培育，辛勤管理，探索和积累着新的管理经验。他栽了一辈子树，对栽树有着特殊的浓厚兴趣，积累了极其丰富的经验和知识。在培育树苗的同时，他更不忘把自己用辛苦换来的经验传授给年轻人。培育新一代植树人，这是他不能忽略的责任呀！

春光明媚的大好时光里，园子塔拉高林茁壮，松柏青青。沙漠中的乐园将永远充满着生机！

七 徐治民的遗产

前些天，由达拉特旗林业局杨建龙同志带领我去王爱召，拜谒了老模范徐治民之墓。

徐治民同志生于 1914 年元月，于 1996 年 10 月与世长辞。

徐治民健在的 1986 年 8 月，达拉特旗人民政府在园子塔拉林场为其立了一座高三米、宽四米的功勋纪念碑，并有多次鼓励徐治民的时任伊克昭盟盟委书记暴彦巴图的题词：“造林治沙先锋徐治民”。

碑文全文如下：

达拉特旗园子塔拉林场场长徐治民同志，几十年如一日，坚持治沙，做出了卓越的成绩，受到全旗人民的敬仰。

徐治民同志一九一四年一月五日出生于达旗盐店乡，后移居于树林召乡张铁营村。历任自然村长、互助组长、高级社主任、村办林场场长。一九六四年入党，多次任旗、乡党代表，盟、旗政协委员，数十次被评为全区、全盟、全旗劳动模范。一九五九年出席全国群英会，曾受到国务院和林业部的嘉奖。

徐治民同志从解放初期就带领群众植树造林，治理沙漠。三十多年来，他持之以恒，战斗不息，为改变家乡面貌，为发展林业事业，付出了极大的精力和心血。据不完全统计，从解放初期到现在，徐治民同志身先士卒，带领群众共造林六千五百亩，创造直接经济价值约二十万元。一九五八年，他受到组织分配，负责治理园子塔拉沙漠，经过几十年奋战，往日黄沙滚滚的不毛之地，今日变成了林茂、粮丰、畜旺的社会主义新农村。

徐治民同志艰苦奋斗，为子孙后代造福的崇高精神，与他亲手绿化的青山永在。

达拉特旗人民政府

一九八六年八月

徐治民给儿女留下了多少遗产，我不知道，也不关心。

而徐治民留给社会的精神遗产，却比他留给子孙的物质遗产珍贵很多。而且不只属于达拉特和鄂尔多斯，应该归属全人类精神财富宝库。

这就是：与天斗，与地斗，种树种草治沙漠，构建人类与自然和谐相处的生存环境的精神。

第八章

赵永亮，引领林沙产业崛起

我与赵永亮相识已有些年头。我俩相聚的次数少，每次时间也很短。随着时间的推移，他不断地发奋图强，事业成功了，名气越来越大，社会知名度也不断提升，我对他的了解也越来越多。

赵永亮的体态不算魁梧，中等个头，略有发福，步履稳健。在一副近视镜后面，眨动着一双和善而又充满智慧的明亮眼睛。他给初次见面的人的印象是，憨态可掬，此人可交，是个可以信赖的人。因为家境贫寒，他只读了七年书，可语言表达能力极强，不动声色中说出一些串话，歇后语，饱含幽默，让你深刻理解他的本意。

一　出身贫苦，却有远大理想

1958 年 2 月 10 日深夜，召沟村一个赵姓的男婴在一间土房中呱呱坠地了。男婴的父亲叫赵岐山，母亲叫王四女，夫妻俩迎来了自己的第一个孩子。召沟村是个贫穷落后的小山村，既缺水也没电。村民的生活用水基本靠盆接雨；照明则靠手工捏制的陶瓷土烧成灯盏，用棉花捏成灯捻，再倒上自产的麻油，或者去供销社打煤油点燃照明。为了省油，灯盏要小，灯捻要细。多数人家舍不得用油，一到晚上全村一片漆黑。赵岐山夫妇与村里人一样渴望照明，为此，他俩给自己的长子取名叫永亮。

1971 年，赵永亮在盐店学校念完七年级，该读高中了。当时达拉特旗有两所中学为高中建制，第一中学在旗政府所在地树林召，第二中学在东部区的白泥井乡。按照区域划分，赵永亮应该到第二中学上高中，他也收到了第二中学的录取通知书。召沟村距白泥井乡有 20 多里路，学生需要住校，学校提供免费住宿，但吃饭要由学生自己掏钱。赵永亮满心欢喜准备深造，但当他把录取通知书递给父亲时，父亲的脸色由喜悦转为无奈：召沟村吃粮靠返销，花钱靠贷款，他家人口这么多，哪有能力供养孩子继续读书？

这个 13 岁的孩子非常理解家里的难处，他十分痛苦地接受了命运的安排。从此告别了学校生活，帮助父母挑起了全家生活的重担。

20 世纪 70 年代，国家对农产品实行统购统销政策，农村供销社成为农民物资交流的中心。农民养的猪羊由供销社统一收购，再由供销社将收购的猪羊送到食品公司。1971 年，13 岁的赵永亮被盐店供销社录用为临时工，为供销社赶猪送羊。

1975 年，达拉特旗畜产公司破格选送赵永亮参加自治区绒毛专业技术培训。通过系统学习，赵永亮的业务技能有了进一步的提高。

1976年，在伊克昭盟畜产品全项目技术大赛中，年龄最小的赵永亮力挫群雄夺得桂冠。不久，赵永亮光荣地加入了中国共产党。

1981年，赵永亮被评为伊克昭盟纺织公司劳动模范，1984年晋升为科级干部，1985年提升为公司原料部经理，1986年担任伊克昭盟羊绒衫厂副厂长，成为该厂最年轻的处级干部。

在赵永亮的身上，常常可以看到他重情感恩的一面，也能看到说一不二有时甚至非常执拗的一面。

1989年农历腊月二十五日，赵永亮的奶奶在召沟村去世，按照习俗，要祭奠五天才能安葬，出殡前一日的晚上还要请鼓匠班为逝者奏乐致哀。时值大年三十，鼓匠们怎么请都不愿意来；赵永亮虽然带回了音响设备，可村里还没有通电，派不上用场，情急之下，赵永亮只得用自己客货车上的录音机播放哀乐，寄托对奶奶的哀思。家乡贫困落后的面貌依然如旧，给赵永亮的悲痛心情又增添了一份难言的痛苦。他跪在奶奶灵前立誓许愿："一定要让全村百姓用上电。如果给家乡上了电，把家乡整富了，我赵永亮可能就是英雄；如果上不了电，就是狗熊。"

处理完奶奶的后事，临行前赵永亮登门答谢各位父老乡亲，大家在安慰赵永亮的同时，也诚恳地对他说："你现在有出息了，是咱村里人的骄傲，你奶奶也能放心地走了。可咱们村现在还是过去的穷酸样，连个电也通不上，你要是能想办法帮助把电通上，咱们全村人感谢你，你奶奶在那边也会高兴的。"听了父老乡亲这番语重心长、充满期待的话语，赵永亮禁不住又流下了滚滚热泪。

在返回单位的路上，赵永亮心潮起伏，思绪万千。他说，当时思想斗争很激烈，继续留在羊绒衫厂工作足可以保证自己和家人过上无忧无虑的生活。如果想成就一番大业，改变家乡面貌，恐怕就力所不及了。必须另外做出大胆的选择。赵永亮回忆说，当时国家推行市场经济，许多有志创业者纷纷下海，寻找商机，个人创业，成功者比比皆是。经过再三考虑，他下定决心辞去公职，到更广阔的天地里去打拼，去施展自己的本领。赵永亮说到做到，不久，他毅然辞去了令人羡慕的工作，下海经商了。

赵永亮这一出乎常人思维的决定，也引来不少猜测。有的人说，赵永亮肯定是在收购羊绒中捞了不少好处，不敢再干下去了；也有的人说，赵永亮肯定是不服王林祥的领导，待不下去了……对于人们的种种猜测，赵永亮并未在意。每当谈起这段往事，赵永亮就会沉浸在深深地回忆之中。他说，谁愿意辞去稳定的工作，放弃优厚的待遇，只身一人下海闯荡呢？父亲说我疯了，甚至还招来许多非议，这给我带来很大的压力。但是留在羊绒衫厂工作，我只能让自己和家人生活得很好，要想让我的家乡父老脱贫致富，改变家乡贫困落后的面貌，我就无能为力了。这并不是说我的思想境界有多高，而是家乡穷酸的苦日子让乡亲们过怕了。我觉得改变家乡的面貌是乡亲们对我的期盼，我必须把这一期盼担当在身。国家推行市场经济，鼓励人民群众自主创业，走勤劳致富的道路。许多像我一样的人都辞去工作纷纷下海创业，我为什么不能去试试？赵永亮说，这就是当年辞职下海的所思所想。

1990 年，中外合资企业——西安裕民毛纺有限公司聘任赵永亮为副总经理。

从偏僻的鄂尔多斯高原来到闻名遐迩的千年古都西安工作和生活，这是赵永亮人生的一次转折。西安这座承载着千年历史的古城，豪华大气，热闹非凡，让赵永亮大开眼界，痴迷不已。然而赵永亮更为关注的则是这个中外合资企业的先进设备和现代化管理模式，它对赵永亮的吸引力远远超过了令世人惊叹的名胜古迹。在裕民毛纺有限公司工作期间，赵永亮也在为自己的下一个目标思前想后。他说，自己下海的目标绝非为他人打工，无论身居何职。眼下虽然收入有了明显提高，工作环境也让人满意，但这并不是自己亲手开创的事业，心中的理想还没有实现。

1991 年，赵永亮辞去了裕民毛纺有限公司的工作，带着自己下海后的第一桶金回到了召沟村。他要做的第一件事情是为村里解决通电问题，这也是奶奶去世两年来一直让他牵肠挂肚的事情。赵永亮向当时的伊克昭盟盟长胡志安争取了 5 万元，又从其他渠道筹集了 5.8 万元，自己出资 3 万元，把这 13.8 万元交给了盐店乡党委书记杜春荣。从此，召沟村结束了点煤油灯照明的历史。赵永亮还了在奶奶灵前的许愿，兑现了父老乡亲对他的期盼。

为了开眼界，扩思路，他巡访过世界文化遗产都江堰，拜谒了“深淘滩，低作堰”，创造了世界上历史最长的无坝引水工程的李冰父子的“二王庙”；他沿江东下，游览过阴曹地府鬼谷京都的丰都鬼城，受到了在阴间修道成仙也需惩恶扬善的伦理道德教育；他亲临三峡大坝观景台，目睹了妥善安置百万移民、造福当代、荫及子孙、举世瞩目的三峡工程，受到深深的启发；他跨过大南海，在天涯海角“南天一柱”眺望过祖国的南国风光，使他胸襟顿时开阔；他闯过关东，饮过乌苏里江水，北大荒黑土地上的万顷良田令他赞叹不已；他走过中国的八大沙漠，引发了对沙漠资源开发利用的无限思考；他逆流而上探访过长江黄河的源头巴颜喀拉山，对水源的爱护和利用在头脑中打下了深深的烙印；他考察过亚洲“四小龙”，走访过美、英、加、澳、印等国家，看到了世界经济的浪潮，开放的视野，使他心潮澎湃、热血沸腾……一幕幕的画面，无时不在他脑海里再现重演，成为他人生的旅途和创业实践中可资借鉴的摹本。见多必然识广，识广重在应用。才能本身并无光泽，只有在运用中才发出光辉。赵永亮有激情、有灵性、善沟通、广交友，遍布天下的朋友，成为他创业路上的助推器。他后来总结说：我把朋友当金钱，朋友就是生产力。

赵永亮（左一）

下海之初，赵永亮在西安、大连等地经营过羊绒，收效甚微。于是，1996年回到家乡，创办了东达蒙古王集团，而且把生态建设和沙草产业作为主攻方向，把沙柳当作创业重点。沙柳是具有极强的抗风沙、耐干旱的灌木树种，生长习性独特，每三年必须平茬一次，否则就会枯死。而平茬后的沙柳，其生长规模和防风固沙效果更能大大提高。在过去，由于沙柳种植只能发挥生态效益，除了当柴烧而外几乎没有其他用处。赵永亮提出了既有深刻哲理、又有远见的口号：“生态建设不能以绿色划句号”。他认为，生态建设不但要防风固沙，还要让它发挥经济效益。经过与专家一起试验论证，赵永亮认识到，用沙柳可以生产高级箱板纸，国内高级包装纸每年缺口约400万吨，种植沙柳不但能防风固沙，而且其经济效益非常可观。为此，东达蒙古王集团实施了300万亩库布其沙漠沙柳综合利用产业化工程。目前，300万亩沙柳综合利用一期150万亩沙柳种植业已完成，并收到良好经济和社会效益，二期150万亩沙柳种植已全面展开。与之相配套年产10万吨沙柳造纸项目已投产。正在建设中的50万吨沙柳造纸项目投产后，年产值可达30亿元，为地方财政增收3亿元，为30万农牧民直接增收3亿元。这将成为一个实实在在的“沙漠增绿，沙柳增值，地方增税，农牧民增收，企业增益”的绿色扶贫工程。

赵永亮的东达蒙古王集团越做越大了。如今已有下属企业38家，职工11000人，从事着林沙、养殖、路桥、羊绒、酒店等五大行业，资产已达180多亿元。

东达蒙古王发了，壮了。但是，赵永亮没有忘记对奶奶许下的诺言，没有忘记养育他的这块土地，没有忘记还生活在贫困线上的父老乡亲，他为政府分忧，为乡亲们办实事。

赵永亮投资11.2亿元建设了生态移民扶贫新村，建设了28户每家投资30万元的高标准獭兔育种、蔬菜育苗基地，54家每户投资15.8万元的小型獭兔养殖户，修建公路33公里，建设道路两旁商业楼11栋。目前已有100户贫困农牧民自己没掏一分钱就搬进了有电灯电话、有沼气、有自来水、有数字电视、有卫生间、有暖气的宽敞明亮的砖瓦房。赵永亮为这些新移民每户提供了70平米的住房、150平米的獭兔养殖房，每个养殖户一年养殖和出栏2500只左右獭兔，收入约8万元上下。东达生态扶贫移民新村全部建成后，将成为总人口3万人，拥有工业加工、畜牧养殖、生态旅游、综合服务和文化教育卫生等产业的“中国西部第一村”、“中国沙产业的硅谷”、“中国獭兔养殖航空母舰”。

我曾与赵永亮一道去了他的生态移民扶贫新村，在一户移民的门上见到了一副奇特的春联。其时，是春末季节，经过几个月的风沙雨雪，红纸变得斑斑驳驳，但我仍然能认出那歪歪扭扭的字。上联：“一代天骄蒙古王征南战北只为民族兴旺”。下联：“当代英豪赵永亮披星戴月情系父老家乡”。横批：“直奔小康”。这是这家移民的户主韩根栓自己创作、自己书写的，他只有初中文化。

我开玩笑地问他：“你这对联是不是赵永亮唆使你写的？”

这位憨厚的农民笑着说：“我写这个对联的时候，认也认不得他哩！我只知道他是我们移民的大恩人。”

多么朴素的言语啊！我们且不要对这幅对联的文字功力和书写工整上品头论足。这是一位从贫困走上致富路的农民，发自肺腑的感慨。它像喷涌的泉水一样自然，像熟透的果实一般香甜。这件真真切切的小事向人们昭示：赵永亮的心里装着父老乡亲，而乡亲们的心里为赵永亮树起了一座丰碑。

赵永亮的这些大手笔、大举措，不但来年自于他的智慧和胆识，也出自于他的爱心和热心。

二　仁爱如海，慈善似乳，义无反顾回报社会

赵永亮是一位功成名就的大企业家，他深深懂得，自己能够取得今天的成就，依赖党和政府的各项方针政策，离不开父老乡亲的支持和帮助。所以，他能为党和政府分担忧愁，以仁爱和慈善之心给遇到困难的群众排忧解难。

1996年，达拉特旗发生洪水地震灾害后，他出资几十万，为受灾群众盖房子，建过一个新村。但是，因为没有产业链，农民住新房走老路，没有脱贫致富。后来，他终于找到了“生态扩镇移民，产业拉动扶贫”的路子。奶牛大战时，他卖掉煤矿替农牧民还贷款，损失了几十个亿，终于使奶牛养殖业走出困境起死回生。

1992年清明节，赵永亮从大连回乡上坟扫墓祭祖，9点返回盐店村途中，发现几个孩子流着眼泪回家，问其原因，得知为交不起学费、书费辍学了。从小经受辍学创伤的赵永亮，在奶奶的墓前没有掉泪，而在几名失学少年的面前，两行热泪禁不住滚落下来。他当即把几个孩子用车送回学校，包付了这些学生的学费和书费。目睹破烂、阴暗的教室，赵永亮再也看不下去了，立即回家召开了家庭会议。1993年，赵永亮、赵永明先后捐款23万元，在盐店乡新建了两所希望小学，取名亮明希望小学，为学校购买了一辆东风带挂车拉煤供暖，为全校师生每人制作了一套校服，并且包付了所有学生的学费、书费、烤火费，住校生的伙食费、医疗费和民办教师的工资补助费。为鼓励学生成才，赵永亮承诺，凡将来考上大、中

专的本校毕业生，凭学校录取通知书，他分别奖励500—1000元。

2012年8月24日，达拉特旗中和西镇发生了洪涝灾害，考上大学拿到录取通知书的学生因家庭困难无法到校报名，中和西镇政府举办了“抗洪救灾募捐助学”活动，东达蒙古王集团在第一时间赶到，捐助现金20万元，圆了贫困学生的大学梦。

1996年3—5月，达拉特旗发生了百年不遇的凌水、地震灾害，赵永亮、赵永明将20万元钱物送给灾区群众，并通过家庭会议，将准备给父亲的建房款24万元捐献给受灾最严重的解放滩乡，新建了42户居民住宅，取名“东达新村”。208名灾民在上冻前喜迁新居。时任国务院副总理的姜春云来灾区慰问群众时，对赵永亮、赵永明给予了高度评价。1998年，我国三江洪水泛滥，东达蒙古王集团将200万元的救灾款物送到灾区人民手中。同年，为扎鲁特旗洪灾地区捐款物100万元。2003年，我国发生非典疫情，东达蒙古王集团捐资200万元，抗击非典。2008年，我国四川汶川发生强烈地震后，赵永亮为四川灾区捐款20万元。2008年6月8日，由内蒙古工商联、东达蒙古王集团共同组织的洽谈小组赶赴四川。经四川省劳动和社会保障厅、工商联协调，东达蒙古王集团与受灾严重的青川县、北川县和平武县签订了协议书。东达蒙古王集团一次性投入5400万元，提供300套崭新的住宅、300间兔舍及配套的养兔设施和种兔，无偿提供獭兔养殖技术服务，将每县100户共计300户受灾群众安置到东达扶贫移民村从事獭兔养殖，安居乐业开启新的生活。四川省劳动和社会保障厅厅长张成明说，地震后，四川省有40万人失去工作岗位，120万农业劳动者失去生活来源，让失去岗位和生活来源的人在最短的时间内找到生活来源和出路，是当前最大的困难和迫切需要解决的问题。如果说抢险救灾期间的第一任务是挽救生命，那么，解决就业生存就是恢复生产阶段的突出问题。东达蒙古王集团安置受灾群众实现创业发展是不同于捐款捐物的救灾创新思路，符合实际，意义深远。各县应积极配合项目的落实，尽早让灾民得到妥善安置。洽谈小组深入到内蒙古对口援助的大邑县进行考察，了解了当地灾情后，赵永亮当即表态：追加1800万元投资，再安置大邑县100户受灾群众。2010年4月，东达蒙古王集团向发生强烈地震的青海玉树群众捐款捐物200万元。2012年11月6日，东达集团捐款100万元，支持达拉特旗抗洪抢险。

三　赵永亮的爱心有多大？比海深，比天宽

从1991年开始，赵永亮在每年春节前慰问贫困户，让贫困户过一个祥和的春节，是一以贯之雷打不动的惯例。

腊月二十七日，达拉特旗刚下过一场大雪，他按照日程安排，连夜从呼和浩特赶回达拉特旗，第二天又冒着严寒，在白泥井镇党委书记白万富、镇长张玉亮等领导陪同下，赴盐店等村社慰问贫困户。白泥井镇筛选出20户特困户，分散居住在各个村社，他挨家逐户进行慰问。给每户50斤大米、50斤面粉、20斤牛肉、300元现金、一本精美的挂历。每到一户，他都要询问贫困户的家庭收入有多少，退耕还林的政策补贴到位没有，医疗费开支了多少，孩子上学的经费如何解决。同时介绍了东达生态移民扶贫村的建设情况和产业规

划，征询贫困户愿不愿意到移民村居住和就业。他还将自己的名片交给贫困户农民，嘱咐他们有什么困难就电话联系。一天的慰问，早晨八点出发，晚上十点多才返回。当时参加全区扶贫开发会议的国务院扶贫开发领导小组办公室主管李斌，跟随赵永亮慰问归来后，深有感触地说：“我跟随国家、省、市、区领导和企业领导多次搞过慰问，见到像赵总这样挨家逐户慰问还是首次。”

在慰问过程中，除了预先安排的20户外，有些家庭发生意外的，如重病号、出车祸亲人去世、孩子上不起学等情况，赵永亮每户给500元现金。每到一户，这些梁外山区的老人，紧紧握住赵永亮的双手，无不潸然泪下。他们感谢共产党，感谢人民政府，也感谢这位为家乡脱贫致富做出巨大贡献、不忘贫困乡亲的亿万富翁。

盐店新民区的李燕，三岁时父母离婚，九岁时父亲病故，靠七十岁的爷爷和六十多岁的奶奶抚养，家中吃了上顿没下顿，根本念不起书。当时的达拉特旗政协副主席赵永亮正在帮扶这个乡，他将素不相识的李燕认作干闺女，培养李燕从14岁开始在亮明学校念书，一直培养到21岁念完初四，毕业后，又安排李燕在敖德公路收费站工作。李燕说：“是大爹（指赵永亮）改变了我人生的命运。”李燕从上学起写的每一篇日记和作文，都记述了大爹培养她的经历。

在一天的慰问工作完成后，赵永亮又去收费站看望了李燕，并送李燕回家和爷爷奶奶过年。在李燕家的土炕上盘腿而坐，与李燕的爷爷奶奶促膝交谈两个多小时。并给李燕的爷爷奶奶放下1500元钱。李燕的爷爷七十多岁的李来存老人说，这些年来，永亮不仅全额培养他的孙女上学，而且给他的现金也不少于二万元。

东胜区 67 岁的高秀珍曾与赵永亮在鄂尔多斯羊绒衫厂一起工作过，2006 年 9 月 2 日在鄂尔多斯市医院做了左腿膝关节置换手术，赵永亮专程到东胜看望，捐资 1 万元。

2008 年 8 月 2 日，东达集团与土右旗明沙淖大城西村达成协议，东达集团每年给该村 30 万元，用于 60 岁以上老人的生活补贴、村民合作医疗补贴、村民自来水费用补贴和困难家庭学生补贴等。

2010 年 2 月，东达蒙古王集团与鄂尔多斯万融投资公司、鄂尔多斯新杰房地产公司赴卓资县举办春节慰问活动，共出资 30 余万元，购置猪肉 8000 斤，面粉 1000 袋，大米 300 袋，送给贫困户。

2010 年，东达集团参加鄂尔多斯市“博爱一日”捐活动，捐款 20 万。

2012 年 9 月 25 日，风水梁村王军德、岳顺菊夫妇的女儿患脑瘫，东达集团为其募捐善款 42000 多元。

2013 年 2 月 2 日，东达集团总裁助理贾元新格、路桥体系负责人李永亮代表集团向土右旗明沙淖乡赞助现金 42 万元，支持新农村建设。

赵永亮的东达蒙古王集团的事业蓬勃发展，如日中天。但他不忘初衷，奉献爱心，回报社会。他在建立学校，赞助贫困学生，救助各种自然灾难等献爱心公益事业上共拿出了三亿多元。

四　启动心脏工程，爱潮一浪更比一浪高

2006 年 4 月 16 日上午，在东达蒙古王集团与内蒙古医学院附

属医院联合设立的“内蒙古先天性心脏病儿童救助基金”启动仪式上，一位农村妇女在一位中年农民男士的搀扶下，走向内蒙古医学院附属医院会议室中央，宣读了一份催人泪下的感谢信，把一面书有“救命恩人，世代铭记”的锦旗赠送给赵永亮，并连连叩首，讲：“是赵总给了我第二次生命！是赵总拯救了我的家庭！”他们是达拉特旗盐店村农民郭九女和丈夫高炳义。

这要从一个故事说起。

盐店村的高炳义、郭九女夫妇，原本是经济收入不错的家庭，只因孩子上高中，郭九女患心脏病，导致家庭贫困。赵永亮去时，郭九女说，只要做手术，病就能好。做手术需要五万元钱，为了孩子上学，她的病也不治了。赵永亮鼓励她，孩子要上学，你的病也要治。同时鼓励她治好病后，到新农村居住，养殖獭兔，重新起步。赵永亮还向在场的白泥井镇党委书记白万富表态，移民村要实行合作医疗，国家政策补一点，镇政府拿一点，东达集团给每人再拿20元，让移民村的老百姓都能看得起病。

返回树林召后，赵永亮仍在牵挂着郭九女的病情，他嘱托内蒙古电视台包头电视传媒中心主任王虎全，与内蒙古医学院附属医院联系，由东达集团出资，开春后给郭九女做手术。

郭九女，共产党员，43岁，曾任盐店村妇联主任，达拉特旗十一届党代表。她从小热爱学习，精明能干，是人见人夸的女强人。与本村农民高炳义结婚成家后，生了一个男孩，取名高博。高炳义是祖传兽医，比其他农民家庭多一份收入，郭九女打里照外，样样事情都能干，一家三口生活得红红火火，在村里也算得上数一数二的人家。

然而，天有不测风云，人有旦夕祸福。1989年，邬九女不幸患了心脏病，脸色发黄，身体乏力。一个开朗活泼的女青年，突然变得老成持重，少言寡语。既要治病，又想省钱。她靠吃药和输液同病魔作斗争，坚持了17年。尽管如此，家中的积蓄已全部花光。

穷人家的孩子懂事早。邬九女的儿子高博，比同龄的孩子成熟了许多，为了给母亲治病，他决定辍学打工。高博，在达拉特旗七中上高二，品学兼优，荣誉证书一大摞，明年就要高考。他是这个家庭唯一的希望，也是邬九女唯一的精神支柱。

去冬腊月，邬九女病情恶化，坐不住，睡不成，只能半躺半睡，否则，出不上气来。吃饭也得人喂。在万不得已的情况下，去鄂尔多斯市医院做了检查。医生告诉她，必须马上手术，否则，性命难保。当她得知手术费需8万元时，心凉了半截，当日返回盐店村。

8万元，对一个贫困村的农民来说，无疑是个天文数字。天下爱莫大于母爱。邬九女打定主意，与其人财两空，不如牺牲自己，培养孩子。她要等到儿子拿到大学录取通知书后，了结自己的生命。

一分钱难倒英雄汉，血气方刚的丈夫高炳义也束手无策，只能是暗地垂泪。

在一个寒风凛冽的冬夜，盐店村万籁俱寂，只听到呼呼的西北风吹得门窗发出楞楞的响声。村民们都进入梦乡，只有邬九女家亮着灯光，与沙尘暴遮掩着时隐时现的萧星残月相对。冷冷清清，凄凄惨惨。邬九女的公公坐在火炉旁边彻夜未眠。三代人召开了有史以来第一次家庭会议，做出了一项痛苦而又别无选择的决定——邬九女的手术不做了，再用吃药来维持，能活几天算几天。全家三代相对无言，抱头痛哭……只有邬九女70多岁的老母亲老泪纵横打破了沉默：“孩子，这是天要命，不是人无情……”

有啥别有病，没啥别没钱。春节就要到了，盐店村像往年一样，尽管家家都不富裕，但仍充满了节日的气氛。户户都在办年货，祈祷丰年。只有邬九女家没有一点喜气，全家人无奈地等待噩运的降临。

腊月二十七，赵永亮慰问盐店村贫困户时，邬九女正是镇政府确定的特困户之一。了解到邬九女的病情和家庭情况后，赵永亮当即决定，出资给邬九女手术治疗。

正月十八，赵永亮从台湾考察回来的第一天，就去看望邬九女。

正月二十二，赵永亮派专人专车把邬九女送到内蒙古医学院附属医院。由于病情严重，医院的护士在没有办住院手续时，就给邬九女输液抢救，之后才补办了住院手续。

在邬九女住院期间，赵永亮八次去医院看望，向医生询问病情和治疗方案。在北京出差时，多次打电话了解邬九女的治疗情况。

经过一个多月的调理，二月二十八日上午8时，邬九女进入手术室。从麻醉到手术完毕，用了七个小时。完成了二尖瓣置换、三尖瓣成型、左心房减容、左心房取血栓四项手术。下午2时30分，邬九女入监护室进行特别护理。二月三十，邬九女脱离危险，转入普通病房，进行术后常规护理。三月初九，邬九女康复出院。赵永亮到医院送行，派专人专车送邬九女回家。

内蒙古医学院附属医院心胸外科主治医师朱宪明主任讲，邬九女的病拖得太久了，心功能差，心衰，心律失常，心肌保护差，如不进行手术，只能维持两个月。本次手术，与预测的方案完全吻合，手术圆满成功，恢复期过后，可恢复劳动能力。

一条生命挽救了，一个家庭得救了。

当郓九女在监护室醒过来，看到第一缕阳光时，心里默语的第一句话就是“我活了，我没有死，是赵总给了我第二次生命”。在郓九女从手术室转入监护室期间，她的母亲三天三夜没合一次眼。在郓九女转入普通病房后，她的母亲用颤抖的声音与她通电话：“孩子，等你回来后，妈要和你一起去拜望这位救命恩人。”

在郓九女手术的当日，内蒙古医学院附属医院院长欧阳晓辉和医生护士，在赵永亮的陪同下，给郓九女送去鲜花，鼓励郓九女配合治疗，并将郓九女护送到麻醉室门口。

赵永亮指派秘书在病房门口等候消息，直到手术完毕。当夜11时，赵永亮在忙碌了一天后，又去医院询问手术情况。心胸外科有6名主治医师，其中4名参与了郓九女的手术。手术后，朱宪明说，本次手术的压力非常大，一是郓九女病情严重，手术风险大；二是内蒙古政协常委、东达蒙古王集团总裁赵永亮救助，住院的病人和家属及社会关注的人多，他们也没有百分之百的把握。为了做到万无一失，医院研究了几套紧急预案。朱宪明主任对心胸外科医护人员讲，本次手术只能成功，不能失败。

内蒙古医学院附属医院住院部大楼前的停车场内，每天人来人往，车水马龙，住院部大厅内8个电梯和两侧的工作人员专梯门口，每天都挤满了人。一名普通的农村妇女，院长亲自送花，一名拥有34个成员企业的大企业集团的老总多次看望。从郓九女入院到出院共 49 天，花费医疗费 59000 元，医院减免 9000 元，东达蒙古王集团出资 50000 元。同楼住院的病友们都猜测郇九女肯定有什么背景。当郇九女说她与赵永亮非亲非故，素不相识，只是偶遇时，他们感动了，两行热泪从男男女女的脸颊上滚落下来。一位年过五旬的老汉不无感慨地说："还说现在的社会不行了，世界上还是好人多。"

在看望郇九女的过程中，赵永亮发现有好多儿童在住院。经与医生和欧阳院长进一步了解，儿童先天性心脏病是一种发病率高且可以治愈的疾病。由于农牧民收入偏低，每年都有上百名特困儿童因看不起病而死亡。有些农牧民家庭，在医院检查确诊了孩子的病情后，由于拿不出一两万块钱，背着孩子又回去了。医院不是慈善机构，无力为患者免费治疗，出于人道主义的同情，曾求助社会有关部门和慈善机构，但未成功。

了解到这一情况后，赵永亮又做出一项惊人的决定：由东达蒙古王集团每年拿出 40 万—60 万元，作为救助基金，挽救这些因家庭贫困而看不起病的农牧区先天性心脏病患儿，解决农牧民因病返贫问题，减轻社会压力，为农牧区增加生产力。继而又与内蒙古附属医院协商达成协议，经内蒙古民政厅注册登记，成立了"内蒙古东达蒙古王救助农村牧区先天性心脏病儿童促进会"，促进会接受内蒙古扶贫办的业务指导和内蒙古民政厅的监督。按照章程规定，经会员大会表决通过，赵永亮任会长，欧阳晓辉任副会长。凡属内蒙古农村牧区户籍的特困儿童先天性心脏病患者，均可得到促进会的救助。

促进会的主要任务是开展调查研究、信息咨询、筹措资金，为农牧民特困户儿童先天性心脏病患者提供资金帮助和医疗技术服务。促进会办公室设在内蒙古医学院附属医院四楼。按照促进会会长赵永亮提出的“一帮一，手拉手，结对子，献爱心”的创意，内蒙古力仁集团董事长武希慧、总经理李亚娜，内蒙古亿业生物科技发展有限公司总经理冯利刚，内蒙古蒙康盛业有限公司总经理王文，内蒙古张仕制衣集团总经理张新，上海蒙川工贸有限公司总经理何惠，内蒙古新世隆房地产开发有限责任公司总经理何贵荣，福建商会会长、内蒙古顺旺物资贸易发展有限公司总经理方桂林等企业家，从加拿大归来探家的海外学子、赵永亮的两个儿子赵智强、赵智慧也加入了促进会，参与了捐资救助活动。

在救助邬九女之后，准格尔旗哈岱高勒乡巴汉图村李军小的女儿李娟，兴和县五股全乡木家湾村肖武喜的女儿肖婷，达拉特旗白泥井镇阳塔村赵银柱的儿子赵强和达拉特旗吉格斯太镇梁常河头村郝建民的女儿郝菅乐，达拉特旗树林召乡三顷地村树圪卜社农民李挨连的儿子李欣欣，呼和浩特市黄合少镇南地村的闫嘉伟，清水河县小庙子乡的武月龙，锡林浩特市西乌珠穆沁旗巴拉根高勒镇巴音胡硕嘎查牧区的木其乐，临河市建设乡太阳社的雷馨月，包头市土右旗明沙淖蒙家营村的王凯，包头市土右旗台阁牧镇瓜房子村的牛娜和，商都县西井镇台道弯村的杨艳，武川县中后河乡厂南村的赵雅茹，土左旗陶思浩区域什尼板村的赵彩霞等先天性心脏病儿童患者得到救助，手术成功。

2006 年 4 月 6 日，“内蒙古先天性心脏病儿童救助基金”启动仪式在内蒙古医学院附属医院办公大楼会议室举行，内蒙古医学院附属医院党委书记马仲奎主持仪式，赵永亮总裁和欧阳院长发表重要讲话。2006 年 4 月 13 日，“东达蒙古王救助农村牧区先天性心脏病儿童促进会”正式挂牌启动运行。

2010 年 6 月 10 日，赵永亮又在内蒙古赤峰市组建成立了“东达蒙古王救助农村牧区先天性心脏病儿童促进会赤峰分会”，自治区卫生厅、内蒙古工商联、内蒙古红十字会、赤峰市卫生系统等相关领导出席分会启动仪式，赤峰附属医院聘请赵永亮为该院的“荣誉院长”，并颁发了证书。在分会启动仪式当天，有 10 名患儿得到救助，进行了手术治疗。

五　相信科学，勇于实践

每当人们问及赵永亮为什么当初敢于把治理沙漠这一世界性难题承担在肩，作为自己事业的一项重要内容而不遗余力地去做时，赵永亮总会充满深情地提起著名科学家钱学森的名字。他说，在自己的记忆中，早在 20 世纪六七十年代，钱老就多次对内蒙古的沙漠和草原进行过考察并发表了许多重要的见解。80 年代，钱老用系统理论提出了大农业观点，即中国第六次产业革命——创建知识密集型的农产业、林产业、海产业、草产业和沙产业。而内蒙古的优势产业就是林、沙、草。

赵永亮说，1984 年，钱老的专论《草原、草业和技术革命》先后在《内蒙古日报》和《人民日报》发表，率先提出了草产业、沙产业、林产业系统工程理论，并殷切希望内蒙古的各族同志下决心抓草产业、沙产业、林产业，给全国带个好头。

赵永亮对钱老的草产业、沙产业、林产业系统工程理论很感兴趣，曾悉心学习研究。钱老认为，戈壁沙漠虽然干旱少雨，但是干旱的另一面是阳光充沛，这是西北地区农业发展的不利和有利条件。对于西部的开发建设，首先要转变关于西部沙漠的思维定势，看到沙漠上也有搞农业的有利条件。所以，不仅是“治理”，更重要的是“开发”，将治理蕴含于开发之中。要把现代科学技术，包括生物技术、信息技术都用上。西部的开发建设，起点要高。在开发沙产业、草产业、林产业时，要强调知识密集型，要应用新科技成果和系统工程方法。而且一开始就要搞产业化，形成生产、加工和销售一条龙，加强综合利用，搞好沙产业、草产业、林产业的相互交叉。钱老的系统工程理论给了赵永亮深深的启发，正如他所说的，钱老的理论不仅是促使他投身于沙漠治理开发的重要指导，也是巨大的动力。但是，当初在决定投资沙漠时，赵永亮也曾经有过许多困惑和担忧，这一决策是否正确？方向是否对头？资金从哪里来？何时能见到效益？特别是公司众多高管和股东对这一决策齐声反对，众多亲朋好友也提醒千万不要冒此风险，在巨大的压力面前，他的信心受到了挫折，犹豫不决，一时没有了方向。于是，赵永亮想到了钱老，为什么不给钱老写一封信，把自己的想法做一汇报，以期得到指点呢？但是，钱老是著名的科学家，他的信能否收到，收到后是否有时间看，看后能否引起重视……赵永亮顾虑重重。

2001 年 5 月 20 日，赵永亮横下一条心，抱着“宁可碰了，也不要误了”的想法，与内蒙古政协经济委员会副主任、国务院发展中心上海研究所研究员郝诚之写信给钱学森，详细汇报了沙柳产业化综合利用项目，请求钱老给予指导。让赵永亮没有料到的是，10天后，他们收到了钱老复函：

赵永亮、郝诚之同志：

您二位2001年5月20日给我的信和“关于内蒙古东达蒙古王集团在库布其沙漠实施沙柳综合利用产业化工程”的材料我都看了，非常感谢。

看了你们的材料，我认为内蒙古东达蒙古王集团是在从事一项伟大的事业——将林、草、沙三业结合起来，开创我国西北沙区21世纪的大农业！而且实现了农、工、贸一体化的产业链，达到沙漠增绿，农牧民增收，企业增效的良性循环。我向你们表示祝贺，并预祝你们今后取得更大的成就！

此致

敬礼

2001年5月30日

钱老的回信让赵永亮喜出望外，感到浑身是劲，信心倍增，更加坚定了对治理沙漠的勇气和决心。赵永亮在钱老的支持和鼓励下，先后召开高管和股东会议，晓之以理，动之以情，耐心地向大家介绍沙柳产业化综合利用项目的可行性和重大价值。他说：我们这个项目的试验地位于全国八大沙漠之一的库布其沙漠东缘，既是少数

钱学森

民族贫困地区，又是治理难度很大的沙漠地区，项目的实施既具有重大的经济价值也有重要的社会意义；我们的试验品种是沙柳，在年降雨量350毫米以下的沙区非常适于生长，具有平茬复壮的生物特性。平茬的枝条既可固沙防风，又可做饲料舍养家畜，还可以用作工业造纸原料替代进口。按照钱老的评价这是因地制宜高起点的综合利用、产业化的科学开发；我们的项目是在钱老林产业、草产业、沙产业三业结合的理论指导下进行的，钱老不仅给予了支持和肯定，而且认为具有开创我国西北地区21世纪的大农业的重大意义；我们的项目是建立农工贸一体化产业链，实现沙柳增值、沙漠增绿、农牧民增收、企业增效、地方增税，恢复生态环境的良性循环。在西部地区具有典型的示范作用；而更为重要的是，我们是有社会责任感、有经济实力、熟悉市场、擅长经营、重视科技、勇于创新的民营企业家，用利益纽带调动投资者、经营者、生产者的积极性，成功的把握很大。

赵永亮深有感触地说，在我国，与钱老有过接触和交流的各类企业家很多，但是，这位年逾90高龄的著名科学家给一位企业家写信恐怕仅此一次。信虽然是写给我们个人的，但指导的是新世纪祖国西部大开发的事业。这体现了钱老对内蒙古建设发展的挂念，对西部大开发事业的关心。我作为一名共产党员和政协委员，对钱老的鼓励和支持要牢记在心，在治理沙漠、保护生态环境、发展经济、造福百姓方面率先垂范。

赵永亮的一席话坦诚中肯，有理有据，公司高管和股东十分感动，大家打消了以往的顾虑，一致赞成赵永亮的想法。至此，东达集团的沙柳产业化综合利用项目像一颗明珠，在荒漠的库布其沙漠闪射出耀眼的光辉。

西部大开发，农牧民脱贫致富是焦点，生态建设是重点，沙漠化防治是难点。这已成为全社会的共识。然而，如何由植被建设发展为生态产业，由谁来发展，如何形成一种长效机制，是各级政府和全社会都在深思的问题。东达蒙古王集团打破传统的扶贫观念和模式，遵循客观自然规律、市场经济规律和社会发展规律，把坚持生态与生计兼顾，绿起来与富起来结合，农牧民的长远利益与近期利益结合，将绿化转化为产业化，作为集团二次创业的目标，实施大面积地扶贫，探索出一条综合利用沙漠，产业拉动，变“输血”为“造血”的扶贫新路。他们实施林、沙、草三业结合的实践，变为内蒙古党委的科学决策，被写入内蒙古“十一五”规划。这是内蒙古生态建设的科学抉择，是建设和谐内蒙古的必由之路。

2001 年 6 月中旬，国家林业局纪委书记杨继平率国家林业局专家等一行 40 多人赴东达蒙古王沙柳基地考察。专家们高兴地指出，东达蒙古王的项目，用沙柳护岸、固堤来防止水土流失，因地制宜，因地选材，封固结合，探索意义不一般，既可加速沙柳的平茬复壮，增大植被覆盖率，防风固沙，科学治理库布其沙漠，又可防止水土流失，为保护母亲河做贡献。

8 月，经国家计划委员会批准，东达集团总投资 21 亿元，年生产 50 万吨沙柳制浆造纸技术改造项目正式立项。2005 年 4 月，首期生产 10 万吨，投资 5.4 亿元的沙柳制浆造纸项目正式投产。

昔日杂草丛生、荒芜多年的达拉特旗造纸厂不再寂寞了，厂区大院粉刷一新，下岗职工欢呼雀跃，车间内外机声隆隆。在又长又宽的机器台面上，两米多宽的褐色箱板纸缓缓被旋成一个巨大的纸卷。赵永亮深情地抚摸着箱板纸，仔细地算了一笔账：年产 10 万吨箱板纸，产值可达 3.2 亿元，农牧民可增收 6000 多万元。50 万吨全部投入生产后，可消化沙柳 100 万吨，相当于 250 万—300 万亩沙柳的产量，可以给当地农牧民带来 3 亿元的收入，企业可创产值 18 亿元，上缴利税 5.8 亿元。

成功让赵永亮倍感喜悦。他说，东达纸业公司正式投产后，沙柳由过去的“次小薪材”变为上等的工业造纸原料，为当地经济发展和农牧民致富提供了新渠道，沙柳由“要我种”变为“我要种”，种植面积大幅度增加。达拉特电厂排入黄河的冷凝水，被利用为造纸用水，既保护了环境，又节约了水资源；过去造纸厂排污采用购置土地建污水场，常因污水出堤淹没农田牧地，造成当地农牧民与企业的纠纷，现在改用氨法制浆，造纸过程中产生的中性水排至碱滩，可使芒硝含量很高的盐碱地得到改造，废水变肥水，提高作物产量，生产绿色产品。

在成功面前赵永亮显得十分清醒，他认为这仅仅是开始，生态治理的道路依然漫长而艰难。他说，十大孔兑南接黄土高原，穿越库布其沙漠，向北通向黄河，流动沙丘和半固定沙丘几乎网盖了达拉特大地。这些覆盖度低或冬春季节没有植被保护的裸露耕地，土

白云飞摄

壤受到水力、风力多种侵蚀后，水土流失造成环境的巨大破坏，一是沟谷增多，千沟万壑导致水土流失，造成耕地面积减少。人们开荒种地，又破坏了土壤植被，恶化了生态环境，形成越垦越荒、越荒越穷、越穷越垦的恶性循环，加剧了贫困。二是带走了地表肥沃的土壤，黄河每年输入下游泥沙 16 亿吨，带走的氮磷钾约 4000 万吨，相当于全国每公顷耕地被冲走 375 公斤肥料。难怪一位外国朋友说："黄河流走的不是泥沙，而是中华民族的血液；不是微血管出血，而是主动脉破裂。"三是泥沙淤积河床，威胁着黄河防洪安全。黄河上游的泥沙大量沉积在下游河床，造成黄河河床逐年抬高，平均高出地面 4—6 米。在河南省，黄河河床已高出新乡市 14 米，高过开封市铁塔塔尖，形成举世闻名的"地上悬河"，直接威胁着两岸人民生命财产安全。四是影响水资源的合理有效利用。鄂尔多斯高原水资源相对匮乏，但为了减轻黄河泥沙淤积造成的危害损失，部分黄河支流水库不得不采用蓄清排浑的运行方式。同时，每年需要 150 亿立方米左右的水冲沙入海，这是对水资源的极大浪费。

东达蒙古王集团的沙柳产业，是一项环保扶贫生态建设项目，被国家经贸委确定为"双高一优"技改重点项目，被国家林业局列为"双百万京（津）北绿色屏障工程"。在实施沙柳产业过程中，东达蒙古王集团以科技为先导，使沙柳产业的规模和效益得到进一步的扩大和优化。比如，引导农牧民在沙柳种植基地内推广立体种植，推行灌（木）草间作，林牧结合，建成具有 5 万只肉、奶牛，25 万只舍饲绒山羊的 70 个养殖园区。在杭锦旗和乌审旗分别建立了沙柳造纸分厂。沙柳产业的实施，为植被极度缺乏、水土流失最为严重的沙漠区域增加了郁闭度，对于遏制水土流失、保护耕地、保护母亲河起到了巨大的作用。

在福源泉沙柳基地，赵永亮抓起一把平茬割伐的沙柳深情地说：沙柳有了出路，“次小薪材”变废为宝，我们的目的不仅要让沙漠绿起来，还要让农牧民富起来，把绿色植被的建设尽快组成生态治理和经济效益相结合的产业链。沙漠里宝贝很多，只要科学地开发利用，就会变成商品。

对于60多年的治理沙漠历程，赵永亮深有感触地说：“50年代风吹草低见牛羊，60年代乱砍滥伐乱开荒，70年代沙进人退无躲藏，80年代人沙对峙不相让，90年代人进沙退变模样，21世纪东达蒙古王要在产业链上做文章。”

第九章

他们做出来了，我才能写在这里

朋友，我下面要写的是奋战在治沙第一线上的人们。他们有男有女，有老有少。他们民族不同，年龄不同，职业不同，身份不同，乡土不同。但他们有一个共同点，那就是，齐声高唱金色与绿色变奏曲，植树造林，改造沙漠，把达拉特大地装扮得更加美丽富饶，共同走向富裕。

请大家先欣赏林业干部马飞的一首诗《务林人的赞歌》：

晨曦中匆匆的脚步
暮色里疲惫的身影
在北疆大地上
有这样一群人
暮春三月他们踏晨露

马飞

盛夏三伏他们顶骄阳
金秋十月他们爬高山
数九寒天他们编沙障
他们是北疆务林人
只为绿满家园
他们无愧于绿色使者的称号
胸怀绿色梦想
翻山越岭
留下跋涉的足迹
绿色描绘
北疆壮丽的山河，
就是这样一群人

北疆最可爱的人
夜过后把身躯的疲惫消除
晨光再次把匆忙的身影拉长

一　刘锦旺，向沙漠进军的领头人

我们谈起达拉特旗人民改造沙漠取得的辉煌成果，首先要说说这一场向沙漠进军持久战的领头人——刘锦旺。

我第一次见到刘锦旺，他给我留下了很深的印象。他中等个头，圆圆的脸盘上，闪动着一对明亮的大眼睛，似乎要向人们诉说内心深处的智谋和胆识。后来我才渐渐发现，他不单是个帅气十足的男子汉，更是个对党忠诚，对人民热爱，对事业专心的好干部。

刘锦旺出生于1969年，是一位地地道道的农民子弟，1988年参加工作以来，他先后从事中小学教师、党校教员、组织干部等工作，2004年，按照组织安排，他被调整到达拉特旗树林召镇工作，在基层一线工作的几年里，由于为人淳朴踏实、工作尽职肯干，很快得到了当地群众的认可和领导的赏识，先后被提拔为树林召镇人大主席、镇长、党委书记等职，2015年被任命为达拉特旗林业局局长。他怀着对农牧民深厚的感情和神圣的使命感，全身心地投入到林业生态建设中。在集体林权制度改革推进过程中，他紧密结合全旗实际，广泛学习先进改革经验，学深学透改革政策，抓住集体林权制度改革试点契机，打出核发森林林木所有权证、推动实现公益林经营权流转、抵押贷款等一系列“组合拳”，短短几年，让全旗集体林地

刘锦旺（最前面的） 达拉特旗林业局供稿

产权更加明晰，林权流转更加活跃，产业发展更加融合，林下经济更加壮大。昔日沉睡的集体林地，在改革大潮的涌动下，主体“活”了起来，要素“活”了起来，市场“活”了起来，成为农民脱贫致富的“绿色银行”。

达拉特旗共有林地620多万亩，其中集体林地191万亩。广袤的林地，既是资源增长、生态改善的富集地，也是农牧民群众赖以生存的家园。然而，现实的忧患是，全旗林业投入虽然逐年增加，但造林难、育林难、护林难等问题长期得不到彻底解决，形成了“我地不种我树，我树不能我砍，我砍不能我卖，我卖不能我得”的怪圈。刘锦旺深知，要想加快集体林业发展，就必须从明晰林业产权这一根本性的问题入手，抓住林业产权这个“牛鼻子”。2008年，全区启动实施集体林权制度改革，达拉特旗有幸被确定为全区改革试点旗，树林召镇同时被确定为全区林改试点镇，此时改革的主要任务就是要明晰林地产权，发放林权证。时任树林召镇人大主席的刘锦旺就分管这项改革，当务之急就是制定切实可行的集体林权制度改革方案，为此，他坚持实事求是的理念，从基层实际出发，频繁走村入社，深入农牧民家中走访，与广大农牧民广泛交流，听取他们对这项改革的意见和建议，将群众的智慧和期待融入改革方案，最大限度凝聚了共识，夯实了改革的群众基础，保证了改革方案的可操作性和指导性。改革方案明确后，为推动改革部署在基层的落实见效，他迅速组织召开了镇党政联席会议，细化了责任，明确了任务，并主导成立了确权组和矛盾排查组，构建起运行高效、效能突出的改革推进体系，同时，为增强改革动力，扎实推进改革，他统筹调配全镇人力、物力，发动镇政府领导干部深入基层，紧紧依靠广大基层群众，群策群力、形成合力，全面开展集体林权制度改革。在工作中，他坚持因地制宜、一切从实际出发，不搞“一刀切”，根据集体林权制度改革推进中面临的实际问题，他创造性地推出“一村一组一表决”的工作策略，先易后难、循序渐进，坚定不移推进改革工作，有了确保了改革工作的顺利推进，有效防控了社会风险，群众对改革的认可度逐步加深，辐射示范作用逐步显现，无数农牧民自愿承担集体林权制度改革宣讲员的角色，在农村牧区掀起了一股集体林权制度改革浪潮，也为后续改革工作的顺利推进奠定了基础。2010 年担任镇长后，他矢志不渝主导推动改革，始终将集体林权制度改革这项重任记在心上，扛在肩上，通过对集体林权制度改革的推动与落实，他在集体林权制度改革方面有了深厚的理论与实践积累，推动改革更加得心应手，在他的主导下，树林召镇集体林权制度改革试点工作取得了显著成效，2012 年，经验收核定，全镇共有林地 37.94 万亩，全部完成确权并发放林权证，确权率和发证率均达到 100%，改革所取得的成效令人瞩目，吸引了来自自治区内外的各地改革者慕名前来学习、观摩，他本人也在全区的改革推进会上作了典型发言，由他主导、酝酿、总结、提炼形成的改革经验、做法成为自治区首批可推广、复制的先进改革经验，得到了自治区乃至全国各地改革工作者的高度关注与支持。2015 年，达拉特旗被确定为全国第二批农村改革试验区之一，承担深化集体林业综合改革试点任务。此时，作为旗林业局局长的他深知，经过多年的改革发展，容易改的基本都已完成，当前推进的改革注定要啃“硬骨头”，改革任务无疑将更加艰苦繁重，影响也将更加广泛深远。主持林业工作，也为他进一步展现改革才华，书写更加精彩动人的改革传奇提供了广阔舞台，为扎实推动这项国家级试点改革工作，他以更加宽广的全局视野和更加长远的战略眼光谋划、推动改革，坚持重心下移，加强调查研究，常态化深入全旗各苏木镇进行走访调研，他的身影穿梭于全旗山水林田，足迹遍布广袤沃野，面对风吹日晒，饥饿劳累，他一笑而过，坦然视之。功夫不负有心人，通过缜密深入的调查研究，他发现不少造林大户从事植树造林数十年如一日，为地方生态建设做出突出贡献，但由于林地存在纠纷，受现有法律法规限制，无法领取林权证，从而无法获得林地政策补偿，造林积极性受到严重影响。为解决这一问题，他抓住改革契机，积极向中央有关部门争取改革授权，由于授权申请抓住了集体林权制度改革的要害，点明了关键，授权申请顺利获得通过；为防控社会风险，维护社会稳定，他坚持试点先行、逐步推进的原则，对于那些森林林木四至清楚、权属清晰的林地，符合发证条件的，及时发放森林林木所有权证，目前已在全国率先为300户农牧民发放了森林林木所有权证书，涉及林地面积35万余亩，实现了林木所有权和土地所有权的分离，突破了《中华人民共和国村民委员会组织法》、《中华人民共和国农村土地承包法》等法律条款的限制，有效破解了林权证发放难等问题，推动了全旗集体林权制度改革迈上新台阶，目前，达拉特旗已明晰集体林地产权面积达到452.7万亩，林权证发证面积为444.5万亩，发证率为98.2%，有近2.6万户农牧民获得了林权证和大量的森林资源，直接受益农牧民近6万人。

为固化改革成果，最大程度释放改革红利，刘锦旺紧紧抓住国家鼓励大众创业、万众创新机遇和全国第二批农村改革试验区建设契机，坚持以深化集体林权制度改革为突破口，大力推进林权林地流转、经营权流转、抵押贷款、工商业投资林业，让全旗林业生产要素空前活跃。为保障林地规范有序流转，他认真主持起草集体林权制度改革配套制度，为了使出台的制度政策更加贴近实际、贴近需要，他亲自开展调研、论证，广泛征求社会各界的意见和建议，致力于通过科学完善的制度设计，破解改革难题，固化改革成果，在他的精心调研论证下，达拉特旗制定出台了《达拉特旗集体林地流转管理试行办法》和《达拉特旗集体林地抵押管理试行办法》两部政策法规，这两部政策突破了《森林资源资产抵押登记办法（试行）》有关规定，获得了国家有关部委单独授权，为实现达拉特旗集体公益林经营权流转和抵押贷款提供了可靠制度保障。同时，为推动公益林流转和抵押贷款真正落地见效，他带领相关负责同志积极与企业、银信部门进行反复沟通协商，并建立了林权流转平台，完善信贷风险预防处置机制，推出了公益林抵押贷款一次授信、循环使用的惠民信贷产品，受到了全旗广大林农的普遍欢迎和赞誉。在他的带领下，全旗公益林流转机制逐步顺畅，全旗公益林流转明显加快，目前，全旗公益林流转面积达到了 30 万亩，完成公益林抵押贷款 78 宗，涉及林地面积 7.14 万亩，发放贷款 25 笔，贷款资金达 2.4 亿元，有力地推动了地区经济的发展。

在刘锦旺的大力推动下，通过深化集体林权制度改革让昔日无人问津的集体林地成了“香饽饽”，社会各界纷纷把目光投向了林业产业，一二三产业融合发展的态势正在达拉特形成。工作中，他注重支持、引导有特色、有潜力、有活力的企业进入林业产业，让林业产业成为融合一二三产业共同发展的载体。为加大改革攻坚力度，助推林业产业结构调整，打造林业经济发展新引擎，他立足全旗资源禀赋，找准全旗林业经济发展“制高点”，在他的谋划和推动下，达拉特旗基本形成了以林产品加工为引领，森林旅游、林业合作经营、林下种养殖等产业多元发展、多级支撑的协同发展新格局。东达林沙产业开发有限责任公司主营的沙柳深加工产业风生水起，每年可生产新型刨花板 10 万立方米，年使用沙柳、竹柳、旱柳等沙生树木 15 万吨，年产值 2 亿元，年利润为 5000 万元，产品畅销国内外，有效的带动了周边农牧民增收致富；银肯塔拉森林旅游区年接待游客 10 万多人，累计投资 1 亿元，实施林业重点项目 4 万亩，成为了达拉特旗沙漠生态旅游的样本工程。此外，全旗共建立了林业专业合作社 10 个，总产值达到 1000 万元。在他的关怀和支持下，达拉特旗林业改革大船破浪前行，林业产业发展迎来光明前景，在带动地方经济发展的同时，兼顾了生态和社会效益，最大限度释放了集体林权制度改革的红利，调动了全旗非公经济参与林业改革、生态建设的积极性，丰富了集体林权制度改革内涵，提振了经济发展信心，促进了全旗经济社会的平稳健康发展。

人民是历史的创造者。在改革过程中，他始终坚持以人民为中心的工作导向，把促进农牧民持续增收作为改革的根本目的。对此，在刘锦旺的大力推动下，种养殖业得到很大发展。他积极奔走，加强协调，积极争取资金补贴，通过典型示范的形式，鼓励、引导养殖示范户开展林下养殖山地鸡、火鸡、孔雀、珍珠鸡、野鸡、鸽子、猪等，适度提高养殖规模，辐射带动周边群众特别是贫困农牧民增收。在他的推动下，目前，全旗已基本打造形成沙棘、枸杞、红枣“三大林沙产业示范基地”建设，共种植红枣 1.04 万亩、沙棘 1.6 万亩、红黑枸杞 1000 亩；林下养殖业总体规模已扩大到 50 万头（只）以上，林下经济，真正使农民的腰包鼓了起来。

刘锦旺于 2017 年 7 月，荣获人力资源社会保障部和国家林业局颁发的全国集体林权制度改革先进个人奖。

二　王果香，走上国际论坛的女强人

王果香，女，汉族，1954 年 4 月出生于伊克昭盟（现鄂尔多斯市）达拉特旗，人专学历，1975 年 10 月参加工作，无党派。“中国十大女杰”。曾任鄂尔多斯市政协副主席，鄂尔多斯市防治沙漠化暨沙产业草产业协会会长。

1987 年任树林召乡副乡长后，即分管林业，领导治沙造林，到 1995 年树林召乡营造防风固沙林 2744 公顷，飞播造林 2333 公顷，营造妇女工程林 1700 公顷，义务植树 98 万株，控制流沙 7100 公顷，创建家庭小果园、小药材园 80 公顷，建成 3333 公顷治沙造田示范基地，使全乡森林覆盖率由 1987 年的 12% 提高到 1995 年的 21%。联合国开发计划署电视部将此经验拍摄成电视片，于 1996 年 6 月 17 日在 143 个国家同时播放。内蒙古自治区确定树林召乡为林业治沙重点示范乡，在沙区推广喷灌、滴灌、土地保湿等节水技术，从国内外引进适宜在沙漠中种植的作物、药材良种和珍稀畜禽，获得种植和繁殖成功；1996 年至 1997 年造林保存面积达到 1673 公顷。1998 年任副旗长后，分管林业和科技工作，组织实施十大科技工程、生态林业建设工程、天然林保护工程、退耕还林（草）工程等，已取得进展。

王果香

王果香用“树林召乡”植树造林的实践给了世界一个惊喜，也给了世界一份信心：绿色能够战胜沙漠。沙区人民不仅可以摆脱贫困，而且可以过上富足的生活。

1995 年 9 月，联合国防治荒漠化公约组织秘书长迪亚罗一行来到内蒙古达拉特旗树林召乡，实地考察了这里的庭院经济、沙漠果园、飞播造林、沙区经济圈、林网化良田。当时任副乡长的王果香给外国客人介绍了治沙造林的情况。迪亚罗不敢相信，这个生机盎然、满目皆绿的地方，过去竟是荒漠铺展的不毛之地。当了解到妇女在治理荒漠中发挥了重要作用时，迪亚罗拉着王果香的手，赞叹不已：“中国人了不起，中国的妇女更了不起！你们的经验不仅是中国的，也是世界防治荒漠化很好的经验。你们的经验应该向全世界推广。”从此，中国北部的一个基层沙乡与联合国权威机构间架起了一座友好往来的国际桥梁。

1996 年 8 月，荒漠化防治亚非论坛会议在北京召开，会议组织者专门安排来自 28 个国家的 30 多位专家学者到达拉特旗树林召乡参观考察。比利时的科特姆教授给王果香带去了 5 公斤世界名贵的山野草籽和 1 吨 TC 土壤保湿剂，异国草籽在王果香的脚下发芽生根。

20 世纪 60 年代，王果香出生在达拉特旗树林召乡的王贵村。这里地处黄河南岸、鄂尔多斯高原北侧、库布齐沙漠北缘，过去是风沙弥漫、植被稀疏的荒野。种子种下去常被风吹出来，长出的苗也屡屡被沙打死。王果香小时候常听爷爷说：“在明沙里种树，叶子掉下来变成肥料，土质就会变好，能多打一些粮食。”可老人种了一辈子的树，活下来的却没几棵，只好把绿色的希望寄托在王果香兄妹身上。爷爷给他们起的名字也都与树木有关，王果香的哥哥叫王果绿，姐姐叫王果梨。王果香继承爷爷的遗志，她栽树爱树，当上了护林员。

1987 年，王果香担任树林召乡的副乡长。面对全乡 86% 的风蚀沙化土地和被风沙威逼着节节后退的父老乡亲，王果香深感肩上责任重大。她知道，风沙不锁住，乡亲们的好日子就没盼头。在承担飞播造林地面导航任务的日子里，王果香带着乡林工站的一帮姐妹，每天天不亮就赶到漆黑的飞播地拢火，给飞机导航。火堆相隔一二百米，每人一堆，谁也看不清谁。有时一不小心，就会陷进腐烂的棺材里，那白花花的死人骨头能把人给吓死。几乎所有的姐妹都被吓哭过。为了壮胆，王果香叫姐妹们每隔一段时间相互喊一声。于是，“王大姐——花女子——桂梅子……”的喊声刺破晨空，在沉寂的旷野里回荡，随着飞机播撒的种子一起飞向沙漠。一分耕耘，一分收获。王果香点燃的绿色星火在树林召乡形成燎原之势。很快全乡的森林覆盖率提高到了 24%，植被覆盖率达 40% 以上。昔日荒芜的树林召乡已经呈现出村村林成片、路路树相连、田间织林网、庭院果飘香的喜人景象。

可是，正当王果香带领群众治沙造林如火如荼的时候，1993 年春天，一种被称做光肩星天牛的蛀树害虫从钢城包头越过黄河天险，长驱直入树林召。为了防止天牛扩散蔓延造成更大损失，王果香带着林工站的七姐妹一个村一个村做工作，动员老百姓砍掉虫害树。平时王果香深得乡亲们的信赖和尊敬，在乡亲们面前她说啥就是啥。可是这回她的工作却受到了很大阻力。平原村的孙七老汉一向待人和善，视果香如亲闺女。可是，当王果香要砍他家的树时，孙七老汉却向王果香举起了斧头，哭着说：“果香啊，果香，领头栽树的是你，带头砍树的怎么也是你？你到底是做甚呀……”树是老人的命根子，王果香也不忍心，可是只有砍树，才是治虫的最好办法！经再三解释，孙七老汉提出：“果香，你砍倒一棵树，要是没虫子，你就给我补种 100 棵！”“行，补 1000 棵都行！”众姐妹当着孙七老汉的面砍倒一棵杨树，劈开后竟找出 17 条天牛。老汉认输了，服气了。从那时起，孙七老汉竟成了林工站的义务宣传员，王果香她们到哪个村遇到阻碍，孙七老汉就自动跟到哪个村现身说法。最后消灭了害虫，保证了树木的健康成长。

从日内瓦回来，王果香把联合国机构奖励给她的 2 万美元奖金全部买树苗分送给了乡亲们。在王果香眼里，多为群众办点好事、实事，是再自然不过的事情。经王果香扶持走上致富路的乡亲，不知有多少。但她自己却依然过着十分清贫、俭朴的生活。很早就有人劝王果香：“自己包一块地，凭你的胆识和能力，种上几年树，很快就可发家致富。”而她却总是笑着说：“我是国家干部，有国家给我发工资，钱够花就行了。只要大家都富裕，我比啥都高兴！”作为一名党的基层干部，王果香始终严格要求自己。

1996 年，树林召乡被达拉特旗确定为自治区林业治沙重点示范乡，后来又被扩大到全旗，并把达拉特旗确定为黄河流域生态环境林业治理工程内蒙古地区 4 个试点示范旗之一。国家林业局的重点支持，为王果香实施高效林业及沙漠综合治理开发工程提供了良好的契机。王果香先后在项目区引种了美国脱毒马铃薯、日本的大根青萝卜、人工麻黄、优质葡萄等一批科技含量高、产出效益好的经济作物，均获得成功。她还在项目区内大面积推广了节水灌溉、滴灌、TC土壤保湿剂、沙地衬膜水稻种植等新技术。驼鸟、梅花鹿、环颈雉等以前只能在电视上看到的珍禽异兽也开始在树林召乡安家落户。

王果香开发治沙的新思路，使树林召的生态环境面貌发生了翻天覆地的变化。同时当地的经济实力也在不断增强，成为我国林业治沙的先进典型。大批农民通过办小果园、小药材园等走上了致富的道路。全乡涌现出的60多个林果、粮、药、草、畜复合经营大户，每年人均收入大都在5000元以上。饱受风沙之苦的乡亲们终于盼来了好日子，他们告别低矮的茅草屋，陆续住进了得到绿化、美化、香化、净化了的新家园。

1998年12月，王果香被选为达拉特旗主管林业和科技的副旗长，分管林业和科技工作，组织实施十大科技工程、生态林业建设工程、天然林保护工程、退耕还林（草）工程等，现在都已取得很大进展。

2003年8月，王果香被评为第二届中国“十大女杰”，她微笑着走上人民大会堂领奖台；2004年8月，王果香被评为“人民满意的公务员”。中央电视台《新闻联播》再次将她那迷人的微笑展露给千家万户，展露给全世界。

三　孙五十四，把绿色留给后代

在几十年治理沙漠的斗争中，达拉特几代人付出了无数的辛劳与汗水，涌现出众多的模范人物和先进事迹。曾多次受到国家、自治区、盟、旗、乡表彰的园子圪卜社办林场原场长孙五十四，就是其中的杰出代表。

经过多次打问，我们终于找到了孙五十四的家。

提起王爱召园子圪卜林场，这个曾两度受到国家林业局嘉奖的社办林场，王爱召人一直引以为豪。这里东西 30 里、南北 30 里，位于库布其沙漠中段，过去曾是浩瀚荒凉的不毛之地，现在经过多年的不懈奋斗，王爱召人培育起八万亩人工林地，绿树如云、绿荫如盖。它似一道道绿色屏障，降伏了滚滚而来的黄沙，化解了烈烈肆虐的狂风，控制了近二十万亩沙地。那高耸入云的杨柳和随风摇曳的沙柳；那扑鼻飘香的果园和育苗基地；那绿茵如毯的植被和丰收在望的庄稼……无不凝聚着园子圪卜林场场长孙五十四的心血和汗水。

孙五十四，1934 年 11 月 16 日出生，1959 年 3 月 9 日加入中国共产党，是个有着 55 年党龄的老党员。他中等身材、身板单薄、脸庞清瘦、衣着朴素、看上去和蔼可亲，是个再平凡不过的老头。但他那饱经风霜的脸上和炯炯有神的眼睛里总会折射出刚毅、倔强、顽强、孤傲的神情。

1959 年盟里组织培训造林技术人员，他去东胜学习了两个月。1961 年，他调到五和圪旦社办林场，当时他们四人育了 6—7 亩苗条，在五和圪旦至庆义厚栽了长 500 米左右三条防护林带，积累了丰富的造林技术和经验。谁也没有想到他这一干就是四个年头。用老孙自己的话说：“我就爱栽树，一辈子就做了一件事，那就是治沙造林。”1964 年秋，孙五十四带着张金生等四人拉着两头牛，装了些饲料和粮食进入了园子圪卜作业区，借了社员的一间房子住下来。从此和沙漠打上了交道，再也没有回过头。刚到园子圪卜，迫切需要解决吃水和住宿的问题，他们四个人自力更生挖土坯，制作和购买建筑材料，用了四个多月才盖起了四间房，有了安身的地方。但吃饭、饮牲口、大会战造林单靠社员的小井不行，也不能经常到四五里以外去拉水。他们自己动手打井，打到两丈深左右，井底下是石盘，打不下去了，必须用炸药炸。于是老孙借了一辆自行车到树林召找公安部门批了炸药，但要到离树林召 100 多里远的罕台煤矿去领。他在人们常去梁外拉炭的路上搭了一辆拉炭马车到了煤矿，和煤矿管理人员取得了联系，到矿井下领了 60 斤炸药，搁在自行车上往回走。由于沟里的路坑坑洼洼，自行车骑不成，石块颠的连推着走也很困难。加之赶路没吃上饭，又累又饿，推一阵休息一阵，饿的不行，把沟底的水流用手掬着喝上两口，养一养精神再走。晚上十点钟看见前面有一点亮光。当时没有电灯，所以只有微弱的灯光，他鼓足劲到了有灯的地方，原来是一个车马店，他吃了一顿饭休息了。第二天一早，还不到鸡叫就往回赶，离林场不远了，但四五里沙路，自行车和炸药共百十来斤，拖不动，走不了，他干脆卸下炸药，只背炸药往前走一段，回来再扛自行车。等中午回到了林场，放下自行车，人就像散了架一样，倒在了地上。就这样几个人没日没夜地干了两个多月才打下第一眼井，又盖了些仓库、牛棚，真正算有了林场，有了治沙造林的保障基地。

第一年治沙，公社抽调了 600 多人大会战。林场几个人主要负责供树苗，培训造林技术，检查植树质量，安排造林工人的吃住。每天休息四五个小时，半个月植树四千八百亩，完成了第一阶段的

孙五十四

造林任务。然而，第二年春天几场大风过后，几乎荡尽了大家所有的劳动成果，孙五十四和他的职工们迎着北国干冷的寒风，望着眼前的漫漫黄沙，看着被连根拔起的干枝苗条既着急又难过。这该怎么办？这时风凉话也出来了，当地的社员说，“王爱召前几年修了个水库没水，园子圪卜栽树不活，这叫王爱召修水库、园子圪卜栽柳树——劳民伤财。”孙五十四想，不管别人怎么说，树还得栽，沙必须治。他们吃不好，睡不着，仔细观察研究，这树怎么栽才不被风刮走，悉心揣摸沙漠的脾性，考究野生植物生存的特性，走访当地的群众。发现紧靠沙丘的树苗和植物，因为刮风沙丘移动很容易被压在黄沙下面，整个沙丘及沙丘的有墒湿地栽上树，第二年就被风连根拔走了。所以，植树必须给沙丘留有一定的活动空间，也就等于给刚植入的小生命以成长的空间，第二年树枝条长了一两米高，也就不容易被沙压了，于是总结出“迎风栽沙根，背风留余地”的经验。在这一经验指导下，每年春 4 月 5 日、秋 10 月 5 日开展两次植树治沙大会战。连续苦战三年，硬是把五千亩树栽活了，控制了两万亩黄沙不再移动。从此以后，沙海中终于出现了片片绿色，库布其沙漠中的北面迎风口上有了一道绿色的屏障。王爱召治沙取得了第一阶段的胜利，鼓舞了全公社的干部群众，也影响到沙漠地区的生成永、园子圪卜、王爱召三个大队及周边的社员群众，提高了他们的造林积极性。为以后的大规模治沙造林打下了坚实的基础。王爱召人治沙造林、改造自然的决心更大了。

1968年，他们移师李玉山圪卜，开辟了李玉山圪卜作业区，三年造林14000亩；1971年挥师南下植树16000亩，大体治理了乌兰卜素沙漠；1976年开辟了斗林壕作业区，在这儿三年植树15000亩。到20世纪70年代末库布其沙漠王爱召段得到了根本治理，加上周边沙区群众及单位造林，使林地面积达到近八万亩。近二十万亩流沙得到控制，自然植被得到了恢复，保护并扩大了农耕地，使之达到五千余亩，人进沙退，原来走出去的群众陆续返回，过上了安居乐业的生活。

说起治沙造林，王爱召人有讲不完的故事。几十年来，王爱召人共出动两万多人次，投工二十多万个参加造林会战。有很多顺口溜反映了植树前园子圪卜自然景象及当时人们和大自然搏斗的场景，原公社干部蔺占山编的“座座沙丘连成片，风卷黄沙遮住天，无风沙一尺，有风沙搬家，风过地成沟，平地露骨头”。造林建场初期，居住没房，栽树没苗，打井没钱，粮食不够吃，人们又有顺口溜编出来：“工围子打墙能盖房，麦禾子铺地来作炕。蒿籽捋上能卖钱，灯蓄糊糊能充饥，耕地无畜人拉犁，一捆苗条背上背，冷嘲热讽全不怕，就看人心齐不齐。”乌兰卜素作业区沙漠更为广大，大部分为新月型沙丘链，沙丘普遍有十几二十米高，治沙造林更为艰苦。治沙队伍吃住、运输苗条更为困难，当时公社革委会副主任薛明道编了一段顺口溜：“乌兰卜素起大沙，风大风小不停地刮；风起黄龙遮住天，沙漠天天在搬家；王爱召人民决心大，开往南沙来治沙，植树造林大会战，完不成任务不回家。”

当时，是大集体时期，生活条件差，植树造林的人们吃不好，穿不暖，住的更是四面漏风的土房。吃饭没有蔬菜，更谈不上营养搭配，饿了也得扛着，渴了寻找低洼的地方掏一个一米深左右的小井。待渗出水来，人们拿上碗舀上一碗，待把泥土澄在碗底，水不太浑了，喝上一碗解渴。这就是所谓“不干不净，喝上没病。”人们栽上一天树，灰头土脸，眼角、眉梢、耳朵、鼻孔都是沙土，下工回到住地洗脸，因吃饭还得到很远的地方担水，为了省水有时几个人合用一盆水洗，洗完脸的水再洗脚，洗完后盆底能有一筷子厚的沙土。

那时还有一句话：“工作好不好，关键在领导”，原王爱召公社党委书记何国卿以身作则起带头，亲自上第一线，与造林大军一块会战，在乌兰卜素一干就是半个月。和大家同吃、同住、同劳动。鼓舞大家与天斗、与地斗，发扬自力更生艰苦奋斗的精神，用辛勤的劳动和汗水，换来一片林海，造福子孙后代。

当年响应上山下乡号召从树林召来到园子圪卜林场锻炼劳动的有：苏和、奇海林等二十多名知识青年。他们在孙五十四场长的带领下，和林场职工一起，晴天一身土、雨天一身泥，无论是植树育苗、防风固沙、拦河澄地，还是修渠打坝、种地拉犁，都为王爱召的造林治沙做出了贡献。

在这战天斗地的日子里，为王爱召治沙造林做出突出贡献和立了大功的首推原园子圪卜林场场长孙五十四。那些年，孙场长像着了魔一样，钻在沙海中，干在一线上。当时由于条件艰苦，困难大、待遇低，有很多村一级的干部想方设法参与了国家干部、企事业单位用人的选拔，吃上了国家饭，有了稳定的收入，有了舒适的工作环境，提高了生活待遇。凭当时孙场长在旗里的声望和人脉，他完全有条件做到这一点。但他没有那样做，他在那里坚守。他对沙漠一往情深，十分珍惜治沙劳动成果，把植树造林当成他自己的事业。作为一名共产党员，牢记毛主席说过的一句话，“一个人做点好事并不难，难的是一辈子做好事，不做坏事”。孙场长要一辈子做好事，治沙造林就是做好事，他无怨无悔，痴心不改。

在开辟乌兰卜素作业区时，由于乌兰卜素地处库布其沙漠腹地，距园子圪卜林场场址有30多里，交通闭塞，没有道路，他和聂玉山、刘存林等几十名职工带着干粮，背着几十斤重的苗条，鸡叫从园子圪卜起程，天明赶到作业区，一鼓作气干上七八个小时再往回走，有时晚上十一二点才能回到场里。就是后来有了马车牛车，也只能把树苗拉到作业区外围几里远的地方，然后再由人背人扛才能把树苗背到植树的地方。日复一日、年复一年地干，人们说：“乌兰卜素的16000亩绿色是王爱召人背出来的。”

1966年“文化大革命”开始，许多领导被打成“走资派”、“内人党”，造林模范徐治民被打成“内人党”遭到批斗和迫害，老孙的老伴听到后很害怕，哭着劝老孙“现在有人议论你了，你和徐治民都是栽树的，只拉车不看路，你因为护林得罪了不少人，徐治民是你的前世，你是他的后世。你不能干了”。面对严峻的形势和个人的安危，老孙思谋了良久说：“受苦还能受下错了，我不干怎么办？我不干乡亲们的功夫就白费了，身正不怕影子斜，死也要死在林场。”

回想起创业那些年月，老孙感慨万分。他侃侃而谈：“为了治沙造林，我们家里人也付出了很多，我对家里人关心不够。老母亲八十岁大寿，由于当时正是南沙造林会战，交通不便，我没能回去，至今心中愧疚。每当过大年，职工们大多放假回家了，我拉上个马子，有时骑、有时走，转四个作业区查看一遍。往往在过年期间容易下大雪，冰天雪地，路很难走，过年回到家里，家里人说：每年家里过年准备贴上对子了，你才回来。我老婆生了十个娃娃，只有生大儿子时我在家，其他孩子出生时我都不在跟前。那些年没有手机，林场也没有电话，况且那么大的林场，我也不能待在场子里，得下林地查看。信息闭塞，林场很忙，我不能天天在家等生孩子。都是老婆坐月子了，村里人捎话说‘你老婆生下了’，我才跑回去看看。多亏了我的老人和亲戚邻居帮忙。我还在家里预备了三个大水缸，走时担满水，把伺候的人安顿好，我就走了。估摸水快吃完了，我再赶回来，说给现在的娃娃信也不信。我的家庭就是我老伴维持下来的，我有个好老伴，她太好了，我欠她太多了……几十年来我遵守着一个信条，就是两个三：一是三同：和职工同吃、同住、同劳动，二是三不讲究：不讲究吃喝、不讲究穿戴、不讲究骑车还是坐车。当然，王爱召园子圪卜林场的发展也不是我一个人的功劳，有全乡人民的付出和林场职工的努力，还有旗乡政府、旗直部门的领导，如白庆元、金琦等人的支持和帮助。万众一心，才能做成大事，才有园子圪卜林场的今天。”

改革开放后，王爱召境内的沙漠基本得到了治理，大规模的造林活动已停止。农村已实行包产到户。全旗上百个村社林场分的分了，卖的卖了，园子圪卜林场的二十多名职工急得像热锅上的蚂蚁，问老孙怎么办？老孙想，这片林子如果分了卖了，那就坏了。一是因为这沙丘地没有准确亩数，不好丈量，卖300亩，有可能是500亩。林间地有的地已经能种了，卖给个人，林权制度也不规范，乱修道路，乱种滥伐，谁想干啥就干啥，这上亿元的资产就流失了。二是因为分了林场，几十年后这地方就又沙化了，前功尽弃。王爱召人流血流汗得来的成果就付诸东流了。于是他说："我们决不能分！"他把想法汇报到乡党委、政府，乡党委的有关领导用七天的时间转了整个林场，决定支持孙场长的意见，不能分林场。这样孙场长和林场职工们又坚守着阵地，他们坚信保护了林木就保住这片绿色家园，就是为人民造福。林场不但要保住，还要创新，还要发展，在随后的二十年里，林场不仅没有衰亡，反而有了长足的发展。

俗话说："造林容易，护林难。"1980年后，他们走出了一条以林养林的路子。在林间空地打机井七眼，发展水浇地二百多亩，建苗圃二十余亩，栽果树三十多亩，建鱼塘三十亩，养羊300多只，还办柳编厂，使林场职工能安心地植树造林，生活有了保障。同时，采取间伐林间多年老化树对多余的沙柳外售的办法，也积累了一些资金，用于发展再生产。还把部分咸材林无偿供给原十三个大队为其村委基建盖办公室使用。为了保证林木的再生，孙五十四在间伐老化树的过程中有一条规定，买树的必须在土平面以下30—60厘米间砍伐，然后填平茬口。伐树时间必须在五月前。待当年十月后，这些砍过树的树根又长出更多新枝，等于进行了绿化。由于治沙的特殊性，过去植不成树的沙丘，大树长出枝条来控制住了流沙，留下空地又能补植，他们补植和更新林共 12000 余亩。

他们在植树造林发展生产的同时，并不固步自封。老孙时常审视着大片林海和几万亩土地能做些什么，在研究在探索中，他有更长远的打算，他要带领大家不断地向前。1998 年，孙五十四以过人的胆识将壕庆河水引入林地灌溉。共投资 30 万元，动用土方十万方，引洪澄地两千亩。经过洪水滋润的林地久旱逢甘霖，生机盎然。有些地方经过洪水浇灌，当年的实生苗就有 500 多亩，密密麻麻，争相为沙漠添绿，为大地争色，此举不仅永久地覆盖了沙地，发展了林业、农业，而且大大增加了王爱召的地下水资源，为农牧业发展补充了“血脉”，同时洪水形成了大大小小的海圪卜。

站在王爱召坡上远远望去，如一颗颗璀璨耀眼的珍珠镶嵌在绿色的林海中，成为大自然不可多得的景观，吸引了大批候鸟来这里觅食戏水，有鸳鸯、野鸡、沙鸡、天鹅等几种鸟禽。

在王爱召园子圪卜林场的浩瀚林海里，有一座由琉璃瓦搭顶、白瓷砖镶边的纪念碑高高矗立在阳光下。碑的正面写着“达拉特旗青少年生态教育基地”几个大字，碑的背面记述了王爱召人几十年与风沙斗争的业绩，也记述着林场场长孙五十四和他的同事们的业绩。

这碑是达拉特旗关心下一代工作委员会、达拉特旗林业局、王爱召镇党委政府一同在园子圪卜林场树立的，以启迪后人铭记前辈们治沙造林的光辉业绩，继续发扬自力更生、艰苦奋斗、战天斗地、艰苦创业的精神，并为建成小康社会、为中华民族的伟大复兴，为实现伟大的中国梦而努力奋斗。

四 林发旺：让余热给荒漠披上绿装

在达拉特旗，不只是干部，许多农民牧民都知道他们旗里有个林发旺。

林发旺在中华人民共和国成立前参加工作，在部队里当过军官，转业之后当过法官，曾任鄂尔多斯市造林总场党委副书记。但是，这一切都不是他出名的主要原因。他之所以出名，是因为他离休后，仍然保持共产党人的本色，种草种树，改造沙漠，为家乡的生态建设做出了可喜的贡献。

在人生的道路上，他像一盆火，放到哪里哪里就红红火火；他像一块金，真金不怕火炼，越炼越纯；他又像一棵松，一年四季枝繁叶茂，人生之树常青。

林发旺老人的故乡在达拉特旗库布其沙漠腹地的蓿亥图，是蒙古族，今年85岁，蒙古名叫宝音图。他于1933年出生在一个普通的半农半牧家庭。7岁到14岁在家中攻读《三字经》《百家姓》《千字文》《名贤集》等汉文书籍及其他杂文，他的启蒙老师就是只识汉文、不识蒙古文的父亲孟克敖其尔。

14岁那年，林发旺到公办蓿亥图蒙古族小学开始攻读蒙古文书和汉文国语课本。1949年春，老父亲身患重病，卧床不起，林发旺只好请假回家护理老人。同年8月，林发旺代替大哥林喜旺到树林召原伊克昭盟第七支队二连，报名参了军，大哥回家伺候老父亲。从此，林发旺就成了一名堂堂正正的解放军战士。

林发旺全家福

在1952年解放军大整编时，林发旺被调到国防骑兵第五师直属队当侦查员，后又调到司令部任警卫员；12月初，国防部紧急通知全军师以上军事指挥官分期分批到朝鲜前线参加实战演练，他跟随副师长汪丹赴朝鲜前线一个多月。这是他有生以来第一次踏上异国领土，第一次嗅到火药味儿……

1954年1月，骑兵五师选送林发旺到杭州速成中学学习文化一年；1954年10月15日，中国人民解放军首届体育运动大会在北京隆重召开，林发旺代表内蒙古军区获得了步枪射击和投掷手榴弹全军第三名；1955年林发旺考入中国人民解放军陆军军官第二十七步兵学校学习军事指挥，1958年3月以优异的成绩毕业。

在部队期间，他曾先后荣立三等功三次，受表彰奖励多次；1952年被任命为司令部直属队文书、班长、排长；1955年国防部授予少尉军衔，1962年授予中尉军衔，1965年授予上尉军衔。同年转业到地方从事人民防空工作和人民法院工作；1978年7月内蒙古自治区高级人民法院选送他到中央政法学院学习，1979 年结业。

在地方工作期间，历任达拉特旗战备办公室主任，达拉特旗人民法院副院长、院长，伊克昭盟中级人民法院经济庭审判员，伊克昭盟机械化造林总场党委副书记，1993 年 8 月离休。

我初到林老家的第一印象是，他虽然走南闯北半个多世纪，仍然保持着蒙古人的生活习俗。家人端上来的是奶茶，摆放的是炒米、奶皮子、奶酪、馓子、红枣等。

交谈起来我才知道，我们俩竟然是校友。林老在 20 世纪 50 年代末在部队时就读于内蒙古蒙文专科学校，比我早毕业五六年。

林发旺老人是个闲不住的人。离休后，他开过饭馆，养过羊，也养过鸡。但都没有成功。

由于从小就爱树、惜树，加之在伊克昭盟机械化造林总场当领导时就一直和绿色打交道的缘故，林发旺对“绿色”可谓“情有独钟”。用他的话来说，也许自己是个水命，从小到大，从大到老，只要是经自己手种下去的树，成活率极高。于是，他及早转移主攻方向，活到老植树到老，决心要为家乡那片荒漠涂抹些绿色。

地处库布其沙漠腹地的蓿亥图，是一个干旱少雨、风沙肆虐的穷地方。过去由于沙进人退，不少农牧民因此而背井离乡……对此，离休后的林发旺深感愧疚，他很想在有生之年多种一些树，多种一些草，让家乡早日绿起来、富起来。

2000 年，中央提出西部大开发、大建设，尤其要加快生态建设的步伐……这一喜讯更是点燃了林发旺老人绿化家乡的梦。每当想到“将明晃晃的流沙变成绿洲”，他激动得白天坐不住，晚上睡不着。

说干就干，2001 年，年近古稀的林发旺回家乡蓿亥图承包了 4 万亩沙漠，并在荒漠里盖起一处房子，又从外面找了些民工，带着妻子，挑着锅碗瓢盆，进沙漠里安营扎寨。他挖坑、栽树、浇水，样样都干。一石击水，舆论哗然。

“一个离了休的县级领导，不在家里享清福，把钱往荒漠里扔，是不是脑子里进水了？在寸草不生的地方种树，那树能活得了吗？”

这一年，就在人们怀疑、猜测的议论中，林发旺请来林沙方面的技术人员勘察。技术员说：“这里不行，水分不够。”林老不服，又换了一个地方，技术人员说，“这里还凑合。”“凑合”说明还是有希望的，林老有了信心。

沙梁没有路，林老坐班车下车后还要在沙地里步行 30 多公里才能到达林地，一切靠肩挑人抬，只能一捆一捆背上树苗进入沙漠腹地，举步艰难。

老人先在湿度相对大的地方开始种植沙柳。一季忙下来，没想到门前半里多远的地方只活了一棵。老林蹲下来盯着这棵成活的沙柳琢磨着、研究着：树苗的旁边要有遮挡，要有防护网，先把沙子固定住才行，否则风沙会把树苗连根拔起。

第二年，总算有点经验了，加上这一年天公作美，雨水好，栽种的沙柳 95% 成活了。看着沙漠里的一抹绿色，林老的信心更足了。

从 2001 年开始，林发旺每年春天进驻沙漠植树造林两个月时间，春夏秋三季还要进驻沙漠多次，经过十几年的苦干实干，到目前已种草、植树近万亩。其中栽植高杆杨树 4 万多株，沙柳、杨柴、花棒 3500 亩，柠条 100 亩，沙打旺 800 亩，成活率达到了 95% 以上，种草恢复植被 5000 多亩。

当初林老所承包的沙漠里没有一草一木，更没有飞禽走兽、鸟语花香，春天刮起风来漫天黄沙。十几年来，林老累计投资近 30 万元，几乎花光了所有积蓄，使得一望无际的沙漠如今变成了一片绿洲。随着生态环境的日渐改善，许多年不见的野生动物又回来了，野兔、野鸡、石鸡、鹌鹑、鸳鸯、刺猬等，还有不少叫不上名字来的各种候鸟也纷纷到这里来安家落户……

那阵子，由于交通不便，全凭步行；饿了吃方便面，渴了喝矿泉水；起初村里不通电，老林点着蜡烛一住就是五年。五年后老林硬是想方设法筹措资金数万元给这个地方用上了电、打了井。

多少年来，每年春天老人都要在沙漠里住上一个多月，夏秋冬三季还要在那里住半个多月看林护林。就这样，茫茫荒漠中，一株株稚嫩的幼苗，一片片绿色，从无到有，从小到大，直至绵延万亩。

如今，站在高处一眼望去，一片绿洲尽收眼底：一行行沙柳、杨树，一片片杨柴、花棒、柠条、沙打旺、沙蒿等植被随风荡漾，沿河沟形成一道屏障。苦涩的汗水终于使家乡的荒沙滩有了点点绿色，三年、五年、十年……树慢慢地成了行、成了片、汇成了绿色的海洋。

治沙造林虽使林老头发白了，但老家的生态环境明显好了，野生的飞禽走兽明显多了。这就是 85 岁高龄林发旺老人亲手缔造的一片绿洲，这就是一个县级离休干部用生命谱写的绿色赞歌。

几度春秋，几度拼搏。林发旺以他热爱家乡、勇于改造沙漠的情怀，以强烈的事业心和责任感，奋战和坚守在漫长的治沙造林行动中，付出了无尽的心血，家人们心疼他，组织上赞誉他，鲜花和荣誉伴随着他。2015 年 1 月被内蒙古党委组织部、老干局授予“全区离退休干部先进个人”荣誉称号；同年 3 月被中共鄂尔多斯市委员组织部、老干局授予“全市离退休干部先进个人”荣誉称号。

“为了造福子孙后代，我们要永远保护好这片植被”，林发旺憧憬着，也眷恋着，迈着轻快的脚步，走向大漠的春天……

五　奇志，一位蒙古族护绿使者

奇志同志是达拉特旗林业局党委副书记，大学学历，林业高级工程师，蒙古族。1988 年毕业于内蒙古林学院治沙系，毕业后一直从事林业建设工作，植绿、培绿、护绿，孜孜不倦，辛勤耕耘 20 个年头，为达拉特旗林业事业的发展，耗了心血，洒了汗水，是一名勤勤恳恳、兢兢业业的拓绿者。

奇志同志生在展旦召，长在树林召，他从小就目睹了黄沙的肆虐，也饱受了沙漠给人们生活带来的贫困之苦，立志长大后当一名林业工作者，为大地披上绿装而奋斗终身。从上小学到上初中，他每年都参加旗里组织的植树造林活动。1984 年他如愿以偿考取了内蒙古林学院治沙系。在校期间，他如饥似渴地认真学习治沙造林知识和技能，1988 年 7 月以优异的学习成绩毕业。当同学们纷纷找门路争取留在大城市工作的时候，他积极响应国家号召，毅然回到了家乡，到旗林业工作站工作。

1988 年，刚刚跨出大学校门的奇志同志一脚踏入达拉特旗林业局的大门，血气方刚的小伙子对工作充满了干劲，对前途充满了信心。

奇志

他好学上进，一方面继续学习林业业务知识，另一方面虚心向老同志请教，苦练业务技能，单位工作样样抢着干。通过不懈努力，仅两年时间他就成为一名业务娴熟、技术过硬的年轻干部。由于工作踏实、吃苦耐劳、好学上进、成绩突出，1991 年单位党组织培养他加入了中国共产党。旗林工站主要搞林业调查规划设计，是绘制全旗林业建设蓝图的单位。刚参加工作不久，他就参加了全旗青少年黄河防护林和农田防护林的规划设计工作，足迹踏遍沿河各个乡（镇）。作为林业业务骨干，90 年代初，他参加了全旗农业综合开发项目的林业规划设计、水土保持世行贷款项目林草规划设计、大树湾乡农业生态建设示范区农田防护林规划设计，先后参加了全旗“八五”、“九五”、“十五”林业规划设计以及生态环境建设规划设计。2000 年以后，由于工作成绩突出，业务技术过硬，被旗林业局抽调到林业局项目办工作，专搞全旗退耕还林和天然林资源保护工程的组织实施工作，2000 年至 2006 年参加了全旗退耕还林建设规划和天然林资源保护工程实施方案的编制以及各个年度的退耕还林和飞播造林的作业设计工作，为全旗林业建设精心绘制绿色蓝图。

1993年，奇志同志去敖包梁下乡。经过调研，他发现该乡山大沟深，水土流失严重，生态建设是立乡之本。他利用该乡实施水土保持世行贷款项目的有利机会，带领全乡群众大搞林草植被建设，并在植被建设中突出林果业建设，把林果业作为当地群众脱贫致富的经济增长点而常抓不懈，上请旗果树站和旗林业局进行技术指导和果树苗木支持，下到各村社建示范点抓示范户建设，请林业技术员和果树专家实地培训、指导，建立林果示范户142户，新发展林果树2428亩，引进果树优良品种19种，后来大多数果农受益。

2000年至今奇志同志一直在旗林业局退耕还林和天然林资源保护工程办公室工作，勤勤恳恳，兢兢业业，孜孜不倦，一干八年，雨热酷暑，风霜寒雪，始终奋战在造林第一线。

1998年4月组织上调奇志同志到旗森防站工作，任站党支部书记，主要从事森林病虫害防治检疫工作，这使他成为了一名“护绿使者”。为了熟悉业务工作，他自己掏钱买了许多森林病虫害防治检疫书籍，认真学习，刻苦钻研。1998年至2000年，旗森防站承担了国家光肩星天牛工程治理项目，他积极参加这个项目的组织实施工作，伐桩嫁接抗性树种、打孔注药、喷撒“绿色微雷”农药防治光肩星天牛、挂鸟巢招引斑啄木鸟防治光肩星天牛等各项试验他都亲自上阵，认真操作，仔细观察，分析总结，并撰写文字材料。经过精心努力，这些试验项目顺利通过市、自治区以及国家森防部门的验收。2006年他参加的市林业局组织的大白柠条飞播造林技术课题顺利通过了内蒙古自治区科委组织的专家鉴定，2007年获得自治区丰收一等奖。2008年荣获旗级劳动模范称号。

二十多年来，奇志同志一直奋战在林业建设的第一线，由于工作成绩突出，他两次被评为全旗深入生产第一线先进科技工作者，两次被旗直机关党委评为先进党务工作者，三次被评为旗林业系统先进工作者，两次被评为旗级民族团结先进个人，2004 年 7 月 1 日被旗委评为 2003 年度全旗优秀共产党员。

六 康玉兰，防治森林病虫害的高手

翻开康玉兰简历，没有惊天的业绩，没有壮烈的事迹，只有一步一个脚印走过来的执著。1966 年出生的康玉兰，在二十岁时参加工作，并且很快加入了中国共产党，时至今日在林业战线已经工作了整整 28 个年头。这些年来，康玉兰爱岗敬业，勤勤恳恳，任劳任怨，逐渐成长为一名素质过硬，业务精通的林业工作者，多次被评为优秀共产党员和林业先进工作者。这些事业上的荣誉，是她用超乎常人的付出，才赢得的。在同事的眼中，康玉兰总是那么匆匆忙忙，总是奔波在工作第一线。作为一名林业高级工程师和一名老党员，康玉兰要求自己处处做出表率。她经常深入林地，调查有害生物发生动态，有时候也会遇到不常见的有害生物，每到这时，她就要夜以继日的埋头翻阅大量书籍，查阅相关资料。在她的办公桌上，业务类的书籍、昆虫标本占据了大部分桌面。为了林木的健康，为了城市绿化的发展，康玉兰选择了让许多人避之不及的昆虫工作。她深深地热爱着自己的工作，多年来撰写的很多论文在各类刊物上发表，《招引斑啄木鸟防止光肩星天牛试验》一文获得了鄂尔多斯

康玉兰

自然科学优秀论文奖。康玉兰用自己的实际行动，践行着一名党员干部的先进影响力，她那种忘我的学习精神、认真钻研业务的态度，让同事们由衷的敬佩。为了充分发挥党员在工作中的带头作用，立足岗位，无私奉献，她要求党员要做创先争优的带头羊，党建工作的排头兵，真正成为群众的表率。单位由于业务工作人员少、工作量大，她除了做好有害生物预测预报专职工作，还主动参与林业有害生物检疫工作，经常带领工作人员加班加点，深入苏木镇、新造林地，对所属的乔灌木、苗圃地按照植物检疫条例的要求进行了严格的产地检疫，对从外省市调入的造林绿化苗木严格按照“两证”“一书”的要求进行复检。严禁美国白蛾、红脂大小蠹、松材线虫病等危险性国家级检疫对象传入达拉特旗。自被聘任为高级工程师以来，她协助单位累计完成苗木产地检疫 12000 亩，种苗产地检疫率 100%。调运检疫苗木 1515.6 万株，插穗 568 万株，花灌木 285.3 万株，其它苗木 230.3 万株，木材 104 立方米。其它林产品 55 吨。

2006 年，康玉兰以突出的工作成绩被聘为林业高级工程师。她主动承担了全旗林业有害生物普查工作。按照《林业有害生物实施方案》的要求，带领基层林业骨干，查清了全旗林业有害生物发生地点、面积、种类、危害程度等，制作了全旗林业主要有害生物生活史标本，绘制了有害生物分布图，建立有害生物数据库，为全旗的林业有害生物防治提供了基础资料。

这些年来，康玉兰早出晚归、不知疲倦的辛勤工作，换来的是卓有成效的工作成果。她完成了282.28万亩森林面积普查，共设踏查线路23条，调查点319个，标准地518块，采集标本18种，还拍摄了大量的林业有害生物照片，掌握了全旗林业主要有害生物的发生和发展趋势。同时，作为国家级中心测报站达拉特旗测报点专职测报员，康玉兰每年负责完成全旗主要林业部门有害生物测报12—16期，预报准确率达到百分之九十以上。她还根据实际情况，制定了《达拉特旗林业有害生物监测预报工作方案》，使监测预报工作走上了标准化、规范化、科学化、法制化、信息化的轨道。在抓好常规性林业有害生物监测预报的同时，康玉兰还对恩格贝开发区、三塲梁工业园区、树林召镇区等重点绿化区域，创造性的采用诱捕器、杀虫灯、羽化孔、网幕排查等办法，对外来危险性林业有害生物美国白蛾、红脂大小蠹、松材线虫等进行监测、捕杀。

康玉兰始终对自己高标准、严要求，努力以“全心全意为人民服务”为宗旨做好各项工作。在平时的生活中，康玉兰和同事相处融洽，善于沟通，善于理解尊重他人，将他人的利益放在第一位。她总会设身处地的理解别人的难处，一旦和同事们之间有误会，她总是先找出自己的不足，加以改正。长此以往，她的人际关系越来越广，人缘越来越好，朋友同事们都亲切的称她为“康姐”，赢得了众人的信任。在她身上体现了一个共产党员的基本素养，在众多同事心目中是一名当之无愧的优秀共产党员。她热爱森防工作，创新工作思路，改进工作方法，端正工作态度，以强烈的事业心和责任感，努力工作，锐意进取，取得了突出的工作成绩。近三十年的坚守，换来的不仅仅是实实在在的工作成果，还有各级相关部门对康玉兰的认可。

2001—2003 年参与柳毒蛾 SsNPV 防治技术推广应用，负责观察、记录、填写表格，获自治区农牧业丰收奖；2003 年《招引斑啄木鸟防治光肩星天牛试验》获鄂尔多斯自然科学优秀论文；2008 年被林业局党总支评为优秀共产党员；2011 年被鄂尔多斯森防站评为林业有害生物防治先进工作者；2012 年被自治区评为创先争优优秀共产党员，同年被旗人民政府评为“优秀专技人员”。这些沉甸甸的荣誉，是褒奖，也是动力，让康玉兰继续在保护林业生态的工作征程中，昂首阔步，长路追风！

七　李平平，平凡岗位却有不平凡业绩

从平坦的沿黄高速路驾车一路北上，进入达拉特旗南入口，视线内涌入层层叠叠的绿色，道路两旁那粉色的、紫色的、白色的花让人精神为之一振。高大的樟子松，挺拔的河北杨，迎风招展的枝叶让你忍不住沉醉。这独具匠心的设计出自一位林业副高级工程师之手，他就是林工站站长李平平，农牧民口中的“黑脸汉”，同事心中的“眼镜书生”，职工心中的“李大哥”。是的，就是这样一

李平平

个普普通通的务林人，一位土专家，在几十年如一日的拓绿生涯中摸爬滚打，不曾有豪言壮语，不曾有感天动地的事迹，只有对绿色的深深眷恋和执著追求。

多年来，他是设计师的“编辑库”，他是测绘师的“活地图”，他是同事们的“智囊袋”，他是领导们的“李总工”。他诚实的品行赢得了大家的肯定，他扎实的工作取得了显著的成绩：1999 年，被伊克昭盟行政公署授予“在生产第一线做出突出贡献科技人员”的荣誉称号，2011 年，被鄂尔多斯市人民政府评为“全市林业生态建设先进工作者”，2013 年，被达拉特旗政府评为“达拉特旗劳动模范”，他带领的团队连年被评为“林业工作先进集体”……这些接踵而至的荣誉不曾让他有一刻的迟疑，为了扎根心中那“绿我家乡”的信念，他脚踏实地地奋进着。

1984 年，毕业于内蒙古林学院的李平平带着对绿的向往分配到达拉特旗林业工作站，成为一名正式的务林人。青春年少的他虽然是林业系统里为数不多的科班毕业生，但却未曾有过丝毫的自大。他少言多行，广学善思，一直是个工作狂。为了做好基层的造林工作，他下乡抢在前，常年奔波于偏远的梁外；为了提高种苗的成活率，做到适地适树，他风雨无阻地在田间地头，拿地形图比对，研究土壤成分，翻阅大量的树种资料，将乡土树种与驯化引进相结合，并根据农牧民的实际需求，大面积的推广梁外地区的柠条造林，受到了当地群众认可；为了工作，他广泛涉猎，奠定了一定的理论根基，编写了大量的科研报告。他突出的工作表现，敏锐的专业思维受到了领导的关注，许多关系重大的林业规划材料转入他手，许多专业性强的林业项目申报材料由他编写。由他主持完成的林业“十二五”规划、“五区”绿化规划，巩固退耕还林成果规划，通道绿化规划等重点工程的规划设计立足于达旗的实际，得到了实践的认证，多在实施当中。青春的脚步是匆匆易逝的，翻开发黄磨损的档案，他工整的笔迹，就是最好的见证。

进入新世纪，随着西部大开发的推进，达拉特旗的林业事业也步入的快速发展之中，退耕还林还草工程，天然林保护工程，三北四期、五期通道绿化工程以及碳汇林工程等的相继启动实施使达旗的林业工作进入了紧张而繁忙的高效能时期。早已受到领导肯定的李平平，于 2000 年退耕还林工程试点示范项目启动伊始就担任了项目组的总工程师。为了全面落实任务，他组织技术骨干深入基层，不论是梁峁沟畔，还是是沃野荒沙，只要有需要，他都会亲自勘测定夺，“国家的钱紧的很，要花在实实在在的地方”，这是他常对技术员们说的话。为了提高农牧民造林的积极性，他经过调研，推行项目区内的柠草间种的造林模式，以及柠条覆膜造林、柠条反季节造林技术，使梁外地区在连年多风大旱的情况下，柠条的成活率明显提高，大量的牧草也缓减了牲畜禁牧圈养的压力，受到了广大农牧民的积极响应，在当年的工程验收中得到了领导的赞誉。工程启动 13 年来，李平平和他的团队奋战不休，并已连续六年全面通过国家林业局阶段性检查验收。

辛勤的汗水滋养出枝叶的繁茂，李平平扎实的工作得到了上级部门的极大肯定，于 2005 年被正式任命为达拉特旗林业工作站站长。“职位是人民给的，岗位是自己定的”，矢志不渝的他总是憨笑而语。2007 年，达拉特旗实施了“包头至茂名高速公路达拉特旗段绿化工程”，李平平担任 G65 高速 19-57 公里的工程绿化总工程师，完成沿线乔灌造林 753777 株，并连续三年圆满完成工程的验收工作；2012 年在鄂尔多斯市城市核心区防护林生态圈建设西段工程——新建包茂高速公路（耳字壕——新街、210 国道绿化工程）达拉特旗段的工程绿化实施中，担任项目总指挥，圆满完成了主线 30137 米，辅线 5616 米，种植柠条等 11042.4 亩，油松等 62827 株，共 22 个标段的施工勘验；2013 年的达拉特旗碳汇林工程实施中担任项目总指挥，完成樟子松造林 170000 株，山桃、山杏造林 170000 株，沙柳造林面积约 10000 亩。每年在他主持的项目中，高效能的业务水平总会使任务圆满完成，受到多方好评。与他打交道的中标单位对于“眼镜李”认真的工作态度，严谨的工作作风充满了钦佩。

“职位是我实现价值的阶梯，更是我回报社会的平台”，李站长常这样说。是的，许多年来，他也是这样做的。林工站是一个林业局二级单位，史上未曾有建功建业的大行动，虽然承担着森林培育与管护、林业勘测与设计、林业技术推广、造林施工、园林绿化等服务于一体的职能，但行动与口号并未看齐。为了重整旗鼓，“眼镜书生”进行了站改三步走，第一步，确定组织目标，打造技能优势；第二步，实行绩效考核，强化外业工作；第三步，增强团队凝聚力，强调以人为本，制度管人，同时，相继完善了各项工作制度。从2005年以后，林业工作站开始发挥其强大的职能作用，在各项林业重点工程建设中的表现独占鳌头。连年被林业系统评为先进集体，其领导的职工个个业务娴熟，得到了同事们的极大认可与好评。

时间的流逝是无声的，知识的更新更是无情的，现代林业的发展需要专业知识不断的升级，李站长那敏锐的思维早已触及到其中的危机。他将师傅领进门，对站内全体员工进行业务培训，无论是林地测绘仪的使用，还是先进制图软件的使用，从外业到内务都进行全面的知识升级，并配备先进的技术装备。有了这样一支服务林业的现代化团队，李站长如虎添翼，原来手工版的施工图，误差大，不美观，现如今都更新为电脑专用软件绘制，从坐标点的定位，到面积的核算精准明确，图式美观。再加上李站长对达旗境内的地形了如指掌，理论知识丰富，经他设计的各种林业施工图简单明了，受到的同行的好评。许多境内公路的绿化都由他主持，有他参与。他对树种与地形的准确把握，以及施工中采用容器苗移植技术，覆膜抗旱技术，以及进行喷灌设施的改造等都颇有研究。

1963年出生的他，虽已是知天命的年纪，但他常说“我们要活到老，学到老，拒绝OUT的自我淘汰。”是的，他作为达旗林业部门的“李总工”、行业上的“权威人”，实至名归。2012年，由他亲自把关，历时三个月对积压的历年退耕还林地理信息数据进行了整理，建立了完整的退耕还林地理信息数据库，创建了具有划时代意义的现代林业地理信息提取的服务平台，极大地提升了工作效率，受到了全系统的关注与好评。

现如今，达拉特旗的森林覆盖率逐年上升，截至2012年年底，统计为24.55%，这其中有多少务林人在奉献，像李站长这样无声的付出。站在丘陵起伏的梁峁地，视线内那成行成片的柠条林，那满坡满沟的沙柳、沙棘，让人忍不住感慨生态建设的成效，巩固造林成果又成为林业事业发展的新课题。李站长常对职工说“造林难守林更难，林业部门要携手共进，守护林地。”为了确保这一方绿色，李站长带领他的团队又投入到征占用林地的工作中。在田间，在地头，总会看见他那忙碌的身影，朴素的灰蓝，那旧式的黑框眼镜，或低头沉思，或翘首遥望，那梁峁沟畔匆忙的脚步，为了“绿我家乡”的永恒信念，坚定不移地永往直前。

第十章

绿风吹来，原野必然百花盛开

达拉特大地，历史文化悠久。成吉思汗八白宫迁往伊金霍洛之前，在达拉特境内至少集中供奉一百多年，为达拉特留下独特的成吉思汗祭祀文化。

《蒙古黄金史》、《蒙古秘史》、《蒙古源流》一同为蒙古民族世界三大巨著，闻名于世。《蒙古黄金史》原名为《古代蒙古诸王奠定的国家制度之著作简要汇总黄金史纲》，简称《蒙古黄金史》或《黄金史》。《蒙古黄金史》的作者罗卜桑丹津，是鄂尔多斯左翼后旗（达拉特旗）原蓿亥图乡热西却凌庙（俗称“旧召”）活佛。他是一位十分博学的喇嘛，精通蒙古文、藏文，曾经编写诸多经书和蒙藏词典，获得国师称号。罗卜桑丹津，还是一位历史学家，除编纂有《黄金史》外，还著有《五台山志》一书。从各种文献资料的研究表明，《黄金史》成书年代在1669年—1675年间。

《黄金史》主要是一部成吉思汗统一蒙古、统一草原并登上汗位的历史，是一部成吉思汗及其子孙统治蒙古的历史。此部史书可分为两部分，前一部分为记载从蒙古先祖到成吉思汗逝世的历史，其时间跨度大体相当于《蒙古秘史》，后一部分分为从窝阔台、贵由到元朝的建立者忽必烈薛禅可汗至林丹汗时期的历史。《黄金史》是一部具有神话、传说性质的历史传记文学作品，并且还是一部散韵相间、诗文并茂、荟萃各种文学样式的历史传记文学作品。

祭祀文化，历史巨著，都是一种特殊的文化现象。它不仅包含了一个民族的文化精髓，还有传承历史、延续和发展未来文化的作用。

今天的达拉特文化的灿烂辉煌，固然与传统文化有着千丝万缕的关联，但是，更与今天的经济发展有关。

中华人民共和国成立后，在历史文化的熏陶下，达拉特旗文化事业飞速发展，尤其开展全民植树造林，改造库布其沙漠运动以来，林沙产业给经济发展注入了新的活力，经济的发展又给文学艺术事业带来了阳光雨露，出现了百花争艳的局面。

贺政民，是达拉特大地养育的作家，中国作家协会会员。他的长篇小说《玉泉喷绿》，是达拉特旗，也是鄂尔多斯地区的第一部长篇小说。贺政民，1958 年至 1972 年先后在达拉特旗工作，后来被调到盟里，先后任伊克昭盟文联副主席、伊克昭盟羊绒衫厂党委副书记。著有长篇小说《玉泉喷绿》（上、下），《七月雨》、《贺政民自选集》等。书法作品被选入《古国丹青画卷》，并获该宝库金奖。贺政民的“无技巧”造就了他书法的自由。“道法自然，大道至简体现在中国古代的文学、绘画、戏剧各个领域。”贺政民说："文学上的白描手法，绘画上的大写意，只消三言五语便能立透事物本质。譬如京剧，没有马，甚至没有鞭，就能造出千军万马的阵势来，经济合算，又能体现意境。"

邬丽生，达拉特旗柴登人，蒙古族。她多年从事文艺工作，为鄂尔多斯文艺繁荣，做出了可喜贡献。邬丽生，1959 年国庆十周年被选参加进京演出，担任"安代舞"的领舞，9 月 30 日晚在人民大会堂参加大型国庆联欢演出，并受到毛主席、周总理等党和国家领导人的接见。1964 年元月参加内蒙古进京演出队。担任代表团报幕和歌剧中主要角色。从 1980 年担任伊克昭盟文化局局长后，她认真坚持党的文艺方针，在提高文艺质量等方面做出了优异成绩。1991 年、1992 年接受文化部、外联局、自治区文化厅的委派，由邬丽生同志带领鄂尔多斯歌舞团，先后成功地访问我国香港、毛里求斯、法属留尼旺岛、新加坡等国家和地区进行友好访问演出，受到高度评价，为祖国争了光。曾先后多次被自治区文化厅、劳动人事厅评为优秀党员、三八红旗手、先进工作者等光荣称号。

周彦文，达拉特旗乌兰人。毕业后又回到伊克昭盟从事秘书、编辑等工作，1988 年任国家新闻出版署理论处处长。周彦文从少年时期就有文学梦。1973 年开始发表作品。1991 年出版《对疯狂的引导——中国出版业的经济观照》，对新时期中国出版业进行了生动的描绘和深入的探索，成为中国第一部探索出版经济规律的扛鼎之作。出版有散文集《荒漠沉思》《愿借明驼千里足》《大漠情思》《我有同学是贪官》《沙漠惊魂》等。《请别再说这样的神话》获广东省书评一等奖。

周彦文的文学创作主攻方向是散文，而且写的大都是故乡——达拉特大地的风土人情，一草一木，字里行间流露着对家乡的思念和赞美。

张凯，笔名老开，在达拉特旗国税局工作多年，2002 年 3 月调内蒙古自治区国家税务局。现为中国作家协会会员，内蒙古作家协会副主席；先后荣获内蒙古“索龙嘎”奖，内蒙古草原文学奖，中国作家鄂尔多斯文学奖。1984 年，张凯在达拉特旗工作期间步入文坛，先后发表长篇小说《行走荒草地》《巴音杭盖》《古歌·或本原》，以及中短篇小说多篇，共计 200 多万字。2005 年，张凯转向电影剧本创作，《村道》、《大树底下好乘凉》等在央视电影频道播出。

白云飞摄

1997 年，因张凯文学创作成就突出，被评选为达拉特旗首届“十大杰出青年”；1998 年，达拉特旗旗委、旗人民政府授予张凯“建国以来文学创作杰出贡献奖”；2014 年—2015 年，创作反映以鄂尔多斯为背景的现实生活的长篇小说《大风》，在《中国作家》2016 年上半年长篇小说增刊头条发表。

张玉福，达拉特旗王爱召人，1959 年出生，1977 年高中毕业后一直在父辈劳作的那块土地上务农，由于他好学，上进，刻苦，于 1992 年被原新民堡乡人民政府招聘为政府文书，1999 就职于达拉特报社，任编辑、记者多年。从 20 世纪 80 年代开始，业余从事文学创作，先后在《人民日报》、新华网发表新闻作品数百篇；在《青年文学家》、《西部作家》、《草原》等文学杂志发表《走出破窝的女人》、《那片林子有鸟叫声》等小说、诗歌、散文等百余篇。1998 年被全国农民报协会评为“全国十佳明星作者”；2003 年被评为鄂尔多斯市对外宣传“呼日格”奖。出版有报告文学集《柳绿黄河湾》、随笔集《窗外事儿》、文学文史集《醉乡愁》。张玉福的作品有浓郁的达拉特乡土气息，语言流畅，诙谐又生动，深受广大读者喜爱。

……

依靠党的政策，依托植树造林，改造沙漠走上了小康之路，达拉特大地的农牧民的物质生活富裕了，对文化生活的需求越来越大和急迫，看电视、听广播已经无法满足了。他们需要贴近其现实生活的文化艺术，还要亲身参与群众性娱乐活动中去。

在这里以树林召镇二锁圪梁村为例，展示达拉特旗新农村群众文化活动的新风貌。

二锁圪梁村地处树林召镇东北部，紧靠黄河。在中华人民共和国成立前，此地由于没有防洪堤，经常遭遇洪水侵袭，唯独一户叫袁二锁的人家由于住的地势高，没有被水淹，本地人称地势高的地方为“圪梁”，因此后人称此地为二锁圪梁村，并一直沿用至今。全村耕地总面积 2.2 万亩，共辖 14 个社，总人口 1325 户 4532 人，常住 735 户 2268 人。

近年来，二锁圪梁村抓住鄂尔多斯市“三到两强”和达拉特旗“千名干部下基层”活动，把解决好“三农”问题作为基层党建工作重中之重，坚持强农惠农富农政策不减弱，推进农村全面小康建设不松劲。不断加强乡村生态环境和基层文化建设，发展具有历史记忆、地域特点、民族风情的特色小村庄，建设林在田间，田在林中林田相融综合配套体系，努力形成一村一品、一村一景、一村一韵的魅力村庄和宜居宜养的田园村庄。全面统筹推进村庄绿化，在防洪堤及村主干道两侧和农户房前屋后种植树苗 100 余亩 45000 余株，营造乡村美丽生态风景线。目前二锁圪梁村全村植树造林面积达 200 多亩，有松树、杨树、柳树、榆树及枸杞等灌木树种十余种。

在市文联大力支持及引导帮助下，2013 年，二锁圪梁村建设了 200 平米文化活动阵地一处，并配套灯光、音响、乐器、演出服装等设备。对原文化队进行重新整编规范，逐年发展壮大，由初始组建的一支文艺队发展到现在三支，参加文艺队伍的人数达 120 人。通过春节、元宵节、乡村交流会等节会排演地方小戏、演唱会、广场舞等群众喜闻乐见的节目，广泛开展群众文化活动，充分对外宣传、展示二锁圪梁村整体形象，多次受到上级党委政府的认可与好评，先后被上级党委多次评委“年度工作先进集体”，2014年、2016年市文联先后在此挂牌成立了音乐家协会创作基地，2017年被鄂尔多斯市委组织部评委“五好三提升”嘎查村党组织。

积极组织动员群众完善《村规民约》，完善精神文明建设常态化评选机制，通过评选美丽人家、道德模范、身边好人、星级示范户等活动，发挥先进典型的引领、示范作用，营造见贤思齐的乡村良好社会氛围。

在鄂尔多斯市党委和政府的统一部署下，鄂尔多斯市文联从2013年开始在二锁圪梁村派驻干部，开展帮扶活动。这一活动，使二锁圪梁村如鱼得水，促进了精神文明建设，极大地丰富了农民的文化活动。

2013年，鄂尔多斯市文联音乐家协会主席贺继成到达拉特旗树林召镇二锁圪梁村挂职支部书记。在挂职期间他奔波协调，为村里新建了200多平米的小礼堂、争取到30多万元的演出设备和演出服装；在他的组织下成立了二锁圪梁村文艺队，并亲自指导排练，提高文艺队水平；在他的组织号召下，举办了市文联“三到”服务心连心艺术团慰问演出，极大得丰富了村民的文化生活。《人民日报》以《内蒙古达拉特旗树林召镇二锁圪梁村农闲忙演戏》为题报道了贺继成的文艺志愿帮扶事迹，在二锁圪梁村形成一段佳话，也为帮扶工作奠定了基础。

鄂尔多斯市文联创联部主任敖敏，于2015年到二锁圪梁村驻村任村主任助理。在他挂职期间，依托市文联文艺工作的优势，为二锁圪梁村群众文化建设及美丽乡村建设做出了贡献。在他的努力下，

鄂尔多斯市文联供稿

将二锁圪梁村村委会旧院落改造成为集图书阅览、文化信息资源共享、广播影视、宣传教育、文艺演出、科技推广、科普培训、体育健身和老年青少年活动等于一体的综合性文化室，能较好地适应当地农民群众多样化的文化需求；他为二锁圪梁村创建了文艺创作室，多次邀请书法家、作家进行交流，到二锁圪梁村采风创作。2016 年敖敏被评为“市选派优秀下乡驻村干部”。

市文联办公室副主任李海军于 2016 年至今在二锁圪梁村驻村任村主任助理。他挂职期间在市文联的支持下继续扩大“文艺志愿奔小康”成果，村里新建了“市文联创作基地”，让全市文艺家走进二锁圪梁村搞培训、抓文艺骨干，共同将二锁圪梁村建设成为“放下锄头拿起画笔，离开酒桌走上舞台”的文艺村庄。

2017年开春之际，鄂尔多斯文联机关来了一批特殊的客人，原来是结对帮扶的二锁圪梁村村民代表来文联“走亲戚”了。他们坐下来，共叙结对帮扶以来干部同村民结下的深厚友谊，愿二锁圪梁村在市文联“文艺志愿奔小康”活动帮扶下，共谱一曲二锁圪梁村的脱贫致富之歌。大家共同探讨了全村农业生产、产业发展、文艺共建等事项，此次访问活动也是文联进一步开展“文艺扶贫奔小康”的具体举措。大家共同商讨了今年种植品种、精细化耕种等春耕备耕事宜，着重探讨了二锁圪梁村如何利用资源优势发展小米种植等特色种养殖业，文联如何在产业发展中发挥组织、人才、文艺优势进行推广、品牌塑造，让二锁圪梁村民奔小康。座谈会上大家还对二锁圪梁村进一步建设文艺特色村庄进行了讨论，经过市文联三年多的帮扶，二锁圪梁村的文化生活丰富了，文化设施增加了，文艺气息也浓厚了，在今年要搞一次大型村民文艺演出，依托达拉特旗“乡土风”栏目，充分展示二锁圪梁村的文艺特色。

2017年5月23日，是毛泽东同志《在延安文艺座谈会上的讲话》发表75周年纪念日。在这特殊的日子，鄂尔多斯文联创联部主任敖敏，带领一部分曲艺家、摄影家来到二锁圪梁村，与达拉特旗乌兰牧骑、二锁圪梁村农民表演队联合举办了“到人民中去，送欢乐下基层”的主题活动，送上了精彩纷呈的节目，摄影家协会为农民们朋友们拍摄了全家福照片，装裱好送到了农民朋友手中，深受广大农民群众的喜爱和赞扬。这一活动，不但丰富了农民文化娱乐活动，还使艺术家体验了农村新生活，拉近了艺术家与农民之间的友情。

第十一章

绿满大地，引来八方宾客

随着达拉特旗治理沙漠范围扩展，进度加快，旧貌换新颜，经济效益日趋显著，新型产业蓬勃兴起。其中的一项，便是旅游事业。

响沙湾景区

响沙湾是以沙漠景观、沙漠度假为一体的休闲景区。

我的这篇作品，一直在写人们与天斗，与沙斗，改造沙漠面貌的可歌可泣的事迹。而沙漠怎么就成了旅游景区了呢？

我想从一次亲身经历说明此事。

20 世纪 90 年代初，时任中共中央总书记、国家主席的江泽民去新疆视察了开发中的塔里木油田。他回京后指示：一是中央媒体要报道；二是要作家艺术家去写作；三是派表演团去慰问。我有幸参加由二十人组成的作家艺术家采风团，内蒙古就我一个。采风团的待遇很高，不是包机就是专车，晚上还给检查身体，房间的小冰箱里放着各种瓜果。先后去了大庆、玉门、胜利等油田会战工地。一天早晨我们从库尔勒市出发，汽车行驶了近两个小时后停下来，领队叫大家下车。我以为要参观景点，可放眼望去，一片荒凉，别说景观，连建筑物也看不到。我问领队我们要看什么？他说看沙漠。我在鄂尔多斯多大的沙漠没见过？我无语了。随大家向沙漠走去。我们一行二十人，大都来自南方省市。他们似乎没见过沙漠，蹦啊跳啊，喊啊叫啊，甚至有人在沙子上打滚，玩得兴高采烈。我只有一个新鲜感。我们鄂尔多斯的沙漠是金黄色的，而这里的沙漠却是灰色的。

从这里，我们可以悟出一个道理：没见过的就新鲜，就是值得欣赏的景观。

何况，在响沙湾不只是看沙漠，更有游客想象不到的丰富内容。

响沙湾之所以引起人们游玩兴趣，是因为那里的沙子会发出响声。

响沙湾位于达拉特旗境内的库布其沙漠东段，也叫银肯响沙，是中国三大响沙之一，国家5A级旅游景区。响沙湾距210国道3公里，北距包头市44公里，南距鄂尔多斯市东胜区55公里。

响沙湾是一个弯形沙坡，背依库布其沙漠，月牙形状的沙丘高约百米，宽400多米，沙坡斜度为45度。天晴无雨、沙子干燥时，人从沙丘的顶部往下滑，便可听到沙子发出的如同击鼓、吹号的呜呜声，轻则如青蛙“呱呱”的叫声，重则像汽车、飞机轰鸣；又如

贾成钰摄

惊雷贯耳，更像一曲激昂澎湃的交响乐。若是三五游人相随同时下滑，则其声如洪钟，更显气势非凡。整个沙丘仿佛是一个巨大的沙制回音壁，响沙湾因此而得名。

沙子怎么会有响声呢？

相传在很久以前，这里是水草丰美的大草原。有那么一年，是连续干旱的第三年，草原荒芜，寸草不生，井水干涸，河水断流，牛羊成群地渴死饿死，牧民生活举步维艰。经过大家坐在一起商议，决定请来喇嘛祭祀上苍，诵经求雨。他们凑足九九八十一只全羊，请来九位大喇嘛，点燃香炷，扬洒乳汁，吹响法号，念起了经文。敬天诵经到了第三天，万里晴空上出现了一朵朵毡屉大的白云，它们飘移着，汇集着，由白变黑，成了黑压压的一片。马上就要下雨了。法号长鸣，诵经声更加高亢。人们欢呼雀跃，双手合十，仰望上天，默默祈祷。恰在此时，一声惊天动地的霹雳，狂风骤起，漫天黄沙铺天盖地席卷而来，整个草原天昏地暗。人们惊慌失措，四处逃生。第二天人们发现，美丽家园全被黄沙覆盖，到处都是沙梁、沙丘、沙滩，为他们诵经求雨的九位大喇嘛，全被埋入沙漠丧命。原来，西边天际的云层中，生活着一群九头怪鸟，它们以云朵里的寄生虫为食。九位大喇嘛诵经，把那里的云彩呼唤到这边，破坏了它们生存环境。气急败坏的妖魔九头怪鸟，搬来沙漠，活埋大喇嘛，以示报复。牧民们无法在沙漠里放牧，纷纷迁离此处。而九位大喇嘛，永久地被埋在沙漠中，只能每天吹响法号，念诵佛经，为善良的牧人呼风唤雨，祈祷安康……

这就是今天的响沙湾能听见法号声的由来。

现在响沙湾的沙丘上架设有登顶索道供游人乘坐，亦可攀云梯而上。除此之外，响沙湾旅游区有丰富多彩的沙漠娱乐项目，如沙漠索道、滑沙板、沙漠卡丁车、沙漠摩托车、沙漠冲浪车、沙漠滑翔伞、骑马、骑骆驼；观沙漠日出，赏大漠晚霞，观赏沙雕，在沙漠中探险，燃起沙漠篝火，或在沙漠中打靶、射箭、跳伞；还可以欣赏到独具鄂尔多斯蒙古族特色的大型民族歌舞《鄂尔多斯婚礼》等精彩表演。

说起响沙湾，我想起了拙作《喇嘛哥哥》。响沙湾旅游区老总王文骏是我的朋友。本世纪初，我开始写那部长篇。我没有搞写作大纲的习惯，想到哪儿就写到哪儿。所以，开篇很重要。在王文骏的关照下，我先后两次来响沙湾住下，在幽静的环境里开始了写作。此前，我也陪同大作家李准、王蒙、浩然等来过这里。当年，这里没有一间房屋，更没有游览项目，人们只是爬上沙梁再滑下来，聆听九位大喇嘛吹响的法号声。

如今的响沙湾今非昔比，可谓旧貌换新颜。

中国首家沙漠度假地——响沙湾是集观光与休闲度假为一体的特大型综合型的沙漠休闲景区，地处中国著名的库布其沙漠的最东端，是中国境内距离内地及北京最近的沙漠旅游胜地，是国家AAAAA级旅游景区，国家文化产业示范基地。拥有全世界最长的骆驼队——超过500峰。

响沙湾也是全世界摄影人的乐园，每年一度的国际摄影周于7月中旬在这里盛大开幕。

“我是一粒沙”——这是每一位响沙湾人迎接每一位远道客人

的第一句心语。

“一粒沙世界”——这是每位宾客与沙漠融为一体，在大自然的怀抱里自由自在的游玩的欢乐世界。

在这个沙的世界里，隐现着似超现实却又现实的世外桃源——福沙岛——莲沙岛——悦沙岛——仙沙岛——一粒沙度假村。

福沙岛度假村是蒙古人的世界。人们以蒙古人的方式体验蒙古人的生活，悠然自得地享受游牧民族的快乐：从参加“鄂尔多斯婚礼”，到野外自助烧烤，从牧羊女到勒勒车，从驰骋的马群到蒙古人草原大迁徙，从草原泳池到自由自在汇，以及祭祀敖包、萨满、奶食品、歌舞、篝火等等。你可以居高临下躺在蓝天下，闭目养神，在清风吹拂的蒙古大篷下聊天，眼前是无尽的辽阔……

悦沙岛休闲世界——也可以乘着沙漠深处的火车，可能会看到长长的驼铃商队，会路过古老的蒙古部落，进入悦沙岛，在这里体验艺术与体育带来的愉悦，艺术体操、健美操、街舞、沙滩排球等，你可以欣赏他们的表演，也可以参与到其中，或在沙漠水世界尽情享受那难于言表的“爽”……望着那无际的沙……或去沙雕部落展示自己更加美丽的身姿或自己动手雕它一座，或在沙画板上体验一次创作，把自己创作的沙画带回家——挂在墙上，这里吃喝玩乐应有尽有。在沙漠中各种深浅的大型泳池里，以各种泳姿释

贾成钰摄

放自己——在沙丘起伏无际的沙漠里——在沙漠中属于自己的水的世界里——累了，就躺在清爽的沙滩床上，美美地过上几个小时，同时可以与同行的人边吃边喝边聊。演出一定会有的，悦沙岛每天会有十多场不同的演出或比赛，是艺术的、是体育的……

如果你到了仙沙岛那可是另一番景象。这里是张果老的世界，休闲之余，各种刺激的体验活动都可参与，沙漠探险与空中飞索，冲浪与秋千，轨道自行车，小孩子的项目都有。这里的表演都很惊险，高空走钢丝，环球飞车，刀山，吃火，喷火还有果老剧场的大型“沙漠杂技大世界”在欢迎您。你还可以吃，可以喝，还可以躺在清风凉爽的环境下做神仙……

一粒沙度假村与沙漠各岛隔河相望，于罕台河东岸半山腰，河水从它的门前流过，对岸是茫茫沙海，在这里体验水上瑜伽、水中健身操或参加游泳比赛。而一粒沙自由自在汇，会把你带到过去或未来、或电视里电影里或某一个小岛。会让你忘记属于自己的一切，而一切又属于你自己，这里早餐的环境可谓天下无二——你似在百米以上的空中，河水围成半个圆形在脚下，远处是沙的世界，餐桌旁的泳池若似空中，东边的太阳刚刚升起，与你同高……对岸的沙漠也属于你……随你的愿望去漫步……

莲沙岛是一处以佛教文化为主的让人真正放松的地方。是一个使人心情愉快、健康美丽快乐的地方。莲沙度假岛上硕大的莲花酒店是地球上的唯一不用砖、瓦、沙、石、水泥、钢筋而建造的绿色建筑，环保生态，是世界上最奇特的度假场所，是心灵深处的一片净土……

响沙湾的骆驼，到处都是，想骑就骑，或者去拍照……

恩格贝生态旅游区

这个生态旅游区位于鄂尔多斯库布其沙漠中段腹地，北临黄河，始建于1989年，现为国家AAAA级景区，全国农业旅游示范点。随着沙漠绿化和沙产业的发展，恩格贝依托沙漠景观和种养殖业的特色，发挥自然和人文资源的优势，把生态建设与旅游业有机结合起来，开发了植树游、沙漠绿洲观光、珍禽动物观赏、水上娱乐、沙漠生态农业观赏等项目，形成了五大功能区二十多个景点。是一个集沙漠游览、休闲度假、科学研究为一体的世界沙漠旅游休闲度假地。

恩格贝地处黄河南岸、库布其沙漠中段，达拉特旗乌兰乡镇境内。恩格贝是蒙古语，意为平安、吉祥。恩格贝生态旅游区总面积约三十万亩，其中沙漠18万亩，草场12万亩，是著名的治沙中心，每年都有大批的国际友人前往植树和参观。恩格贝现有各种树木100多万株，水库、水塘面积1万余亩，天然矿泉水一处，响沙两处。

这里历史上是一块水草丰美、风景秀丽的地方，曾是这一地区的经济文化中心。当地俗称“五里明沙”，即50年前南北宽约五里。由于人为的开荒种地和挖掘甘草，致使沙化面积逐年增加，平均每年以200米的速度向南北扩展，现南北宽实际达到了几十公里，是原来的四倍多。这一带在1957—1974年的17年间，就有5个生产队的100多户农牧民被迁往他乡。恩格贝南靠鄂尔多斯高原，北临黄河，山洪也同时在这一带成为一种凶猛的自然灾害。每逢汛期，库布其沙漠中东部的洪沟洪水泛滥，上游的高原加剧了水土流失，中游经过了沙漠，下游则常常造成大面积农田和村庄淹没，交通阻断。汇入黄河则加剧了黄河中下游危害。据统计，达拉特旗境内的八大孔兑平均每年向黄河输入泥沙一亿多吨。1978—1979 年两次洪水冲垮河坝，溢出滞洪区，在恩格贝平地上形成了一条拉通两大孔兑、宽 100 米、深 20 米的水沟，从而加剧了沙害、洪害、黄害，并使黑赖沟下游的商品粮基地直接受到了严重威胁，恩格贝彻底失去了农牧民生存的条件。至 1989 年 7 月份恩格贝生态旅游区建立以前，三十万亩土地内只有两三间被人遗弃的茅草房，已经见不到人烟。

库布其沙漠平均年降雨量仅 250 毫米左右，风狂沙漫，植被稀疏，被称为不可治理的地球癌症。历史上的恩格贝曾绿草如茵，牲畜成群，召庙香火缭绕，人民世代生息，但掠夺性的开垦、放牧，加上战争因素，作用于此地脆弱的生态环境，逐渐地被夷为沙海，土地资源丧失，人民被迫迁徙他乡。

1989 年以来，一批批开发沙漠志愿者放弃城市生活，进驻恩格贝。原始的油灯点燃了希望之光，狂风沙暴中孕育出了绿色。从此，三十万亩土地开始发生了日新月异的变化。

恩格贝生态旅游区寄托着人类对自身生存环境的忧患与希冀，来自各地的志愿者用他们真诚的手，在沙漠中留下了珍贵的绿色。十多年来，恩格贝沙区初步形成带、网、片、乔、灌、草结合的综合防护林体系，为保护母亲河——黄河，形成一道绿色的屏障。

1997 年恩格贝被国家环保局命名为国家生态建设示范区（试点）。

贾成钰摄

2000 年自治区人民政府又将恩格贝定为自治区级生态示范区。

恩格贝生态旅游区，得到各级政府和部门的支持，得到各国各界人士的鼎力相助。创业的十几年时间里，恩格贝的农业、林业、牧业、水利、渔业、旅游业从无到有，渐上台阶；科研、工业、贸易、种植、养殖、加工力争上游。使这块曾被人类放弃的土地，重新发出光彩。人类共有一个地球，恩格贝的事业属于全人类。让我们在沙漠里，共同创建一个社会文明，人们富裕，生活祥和的开发示范区。

库布其沙漠曾被称为不可治理的沙漠，经过恩格贝建设者不懈的艰苦努力，沙漠治理已初见成效。在开发治理过程中，得到了国家领导人和各部委、自治区有关领导的大力支持。他们经常深入恩格贝进行指导，并从各方面给予援助。

1989 年鄂尔多斯羊绒集团副总裁王明海和一批志愿者放弃优厚的待遇和舒适的生活，来到荒无人烟的恩格贝建设绒山羊基地，开始整治沙漠这场具有重大意义的工程。

多年来恩格贝示范区坚持把生态建设与旅游资源开发紧密结合起来，坚持走以生态建设带动旅游业，以旅游业促进生态建设的路子，经过十年开发建设，已投入 2000 万元人民币，初步开发了植树旅游、观沙漠绿洲、观珍稀动物和水上娱乐等项目。

形成了五大旅游景区，二十余个旅游景点的沙漠生态旅游区，其中有“漠中河”长 3.5 公里，乘快艇或荡舟随着沙丘的蜿蜒曲折直入沙漠腹地，堪称天下一绝，还有正在建设的内蒙古最大的沙漠露天矿泉水浴场。百禽园、葡萄园、瓜果园、蔬菜园、花卉园、松柏园，随处可见精品。同时建成恩格贝旅游渡假宾馆 2 处，面积 5680 平方米，拥有高、中、低档客房 100 余间，床位 300 余张。蒙古包 16 顶。在夏季，恩格贝已初步形成绿树成荫、花草遍野、库水清澈、果实飘香的生态农业旅游景观。恩格贝旅游区有着独特的天然沙漠风景。景观壮美，风景独特，700 公里黄河呈无比巨大的“几”字形，宛如弓背，迤俪东去的茫茫沙漠，宛如一束弓弦，组成了巨大的金弓形。大漠浩瀚，长河如带，沙海茫茫，朝日浑圆，气魄宏大。如诗如画的新月形沙丘链，罕见的垄沙和蜂窝状的连片沙丘等诸多沙漠景观自然神奇，是原汁原味的大漠风光，给人以发自内心的震撼。此外，恩格贝有抗击日本侵略者的惊心动魄的战斗遗址和 500 多名抗日爱国将士长眠的地方，是对鄂尔多斯市对青少年进行爱国主义教育的基地。不仅如此，恩格贝还有来自星空的天然神石和来自地球腹地的沙漠神泉以及著名的恩格贝召遗址。大漠孤烟，长河落日，碧水蓝天，绿树清风，历史人文，英雄业绩，一起构成恩格贝丰厚的文化现象和旅游资源，吸引了成千上万旅游者慕名而来。现在的恩格贝已发展成为集沙漠珍禽动物观赏、大漠风景观赏、生态农业观赏、沙生植观赏和游客休闲度假综合服务为一体的沙漠生态旅游区。

目前这里的交通已四通八达，十分便利。黑色路面直贯南北东西，东距 210 国道 50 公里，南距 109 国道 60 公里。国际直拨电话、有线电视、中国移动、联通无线通讯均已先后贯通，区内设有邮电、

贾成钰摄

学校等公益设施，业已成为拉动周边农村经济的重要景区。

现在的恩格贝已发展成为集沙漠珍禽动物观赏、大漠风景观赏、生态农业观赏、沙生植物观赏和游客休闲度假综合服务为一体的沙漠生态旅游区，开发了植树旅游、观沙漠绿洲、观珍稀动物和水上娱乐等旅游项目，形成了五大旅游景区，二十余个旅游景点。

释尼召沙漠绿海乐园

释尼召沙漠绿海乐园旅游区位于达拉特旗树林召镇草原村释尼召社，公司注册资本 3583 万元，该旅游景区具有得天独厚的区位优势，树林召镇新建的南北快速通道将树林召镇区、释尼召沙漠绿海乐园、三响梁工业园区连通，释尼召沙漠绿海乐园处于中心位置，距树林召镇 5 公里，距三响梁工业园区 1 公里，距 210 国道 3 公里，距包头机场 25 公里，便捷的交通条件，为旅游区的发展奠定了基础。释迦牟尼寺院，是规划区中人文景观的核心资源，加上景区水资源富足，寺院文化深远，成为吸引游客的重要原因之一。

景区自 2003 年 5 月成立，2010 年释尼召沙漠绿海乐园旅游区晋升为国家 AAAA 级旅游景区，该景区将定位为城中乐园，全力打造“碧水白塔映金佛，娱乐休闲农家乐”的景区形象。以亲水活动为基础，佛教文化为内涵，集休闲、娱乐、观光、度假、朝拜为一体的综合性旅游景区。

在“十二五”期间采取引进与公司投资相结合的形式新建五个项目：一是在原有的基础上要新增水上娱乐设施。水上音乐餐厅已在建设当中，另新增设大龙舟、电瓶船、水上自行车、滑索、快艇、儿童碰碰船等。儿童游乐场新增儿童反斗城堡、小火车等。二是建设篝火晚会场地，内部建有蒙古包群，让游人在仲夏之夜体验火的文化与激情和舞的动感，体味纯朴的蒙古族风情，感觉原汁原味的蒙古族文化。三是建森林氧吧，林内建设茅屋、木屋、为游人提供住所。四是增设一个动物园，引进各类动物主要有鹿、骆驼、马、羊、山鸡、孔雀、鸵鸟等野生动物。五是完善娱乐活动区。提升水上娱乐、陆地娱乐、儿童娱乐的功能与档次。

现在，景区功能完备、服务齐全，由五个区组成：一是综合服务区，包括游客接待中心、办公室、会馆、大型停车场等。二是田园风情区，包括 5 栋四合头大院、2 栋仿乔家大院、15 亩绿色蔬菜基地，具有农家风情。园内可一次性同时容纳接待 500—600 人同时用餐。蔬菜基地由专业人员经营管理，为游人随时提供绿色蔬菜。三是生态休闲区，有 6 个大小湖泊、树林、草地供游客游玩、休闲。四是佛教文化区，寺院内有大小寺庙 8 座，有高 12 米、占地 50 平方米的白塔一座，有高 28 米的金佛佛像一尊，并由专职僧人管理寺庙，定期举办佛事活动。五是娱乐活动区，有水上娱乐、陆地娱乐及儿童游乐场等。

银肯塔拉沙漠绿洲自然生态旅游区

该景区位于展旦召苏木境内，敖包祭祀是鄂尔多斯蒙古族传统的宗教仪典，也是鄂尔多斯民族文化的重要内容之一。敖包，是蒙古语，汉译为“堆子”。敖包大多以石块堆砌而成，也有用柳条围起，像一个小包立于高处，使人易于看见。起初，它主要用作地标，供人辨别方向之用。在漫长的历史演进过程中，随着宗教的兴起，它又被赋予宗教意义。

银肯敖包祭祀在每年农历五月十三日和七月廿三日举行。祭祀仪式通常由男性长者主持，人们吹奏鼓乐，焚烧神香，敬献祭品，诵读祭文，并为敖包加石头、插柳枝、悬挂风马旗。祭祀中还要为一头牲畜（一般为绵羊）举行“神畜”仪式，被选定的神畜，头和颈会挂上彩绸带，人们不可出售或宰杀它。此外，还要举行赛马、摔跤和射箭等竞技活动。

该景区开发面积8万亩，由银肯敖包祭祀区、银肯沙漠植物园、银肯沙漠野生动物园、生态沙漠拓展训练基地、沙漠探险基地、沙漠水上乐园、沙漠休闲度假村组成，将生态、文化、民俗与经济几要素紧密结合在了一起，是达拉特旗旅游资源开发的又一新亮点。

在这块古老绿洲伸入瀚海腹地的迷人景点，不仅可以领略沙海的壮美与神奇，也可观赏到蔚为壮观的绿洲美景。到这里来吧，人与美景间也是有缘分的，沙漠绿洲里的春秋冬夏和人一样是有灵性、有记忆的。她会记得你，记得你曾经来过……

达拉特旗旅游景区还有很多，这里不一一介绍了。

达拉特旗旅游业，紧紧围绕建设“全国沙漠度假、户外运动和乡村文化旅游目的地”的总体目标，以全域旅游发展为方向，以发展乡村旅游和打造品牌旅游景区为重点，不断创新宣传推广方式，优化市场环境，提升服务质量，文化旅游业各项经济指标呈现健康

贾成钰摄

稳步发展势头。

2016年，达拉特旗各A级以上景区投入资金近7000万元，推动4个景区12个项目落地实施，响沙湾自治区品牌景区创建工作进入攻坚年，莲花酒店在5月1日正式投入运营，莲沙岛美化、停车场扩建工程已全面完工。万通生态旅游区花海游步道工程、万寿菊等花海工程、环园区道路增宽工程已经完工。王爱召文化旅游区一期工程进入山门、钟鼓楼、四大天王绑钢筋工程阶段。乌托邦赛道工程目前赛道详细规划已经编制完毕，建筑、赛道、营地的具体位置已经确定。

达拉特旗旅游业，充分发挥地理和地貌优势，近处加强“呼包鄂”经济区旅游协作，积极对接包头，充分利用两地丰富的文化旅游产品、发达的商贸基础和良好客源条件，合理嫁接旅游线路，推进关联产业协调发展，与包头市九原区达成合作意向，通过联合举办黄河开河鱼节等主题活动，扩大影响力，共享客源市场。远处，发挥距离北京最近的沙漠优势，加快融入京津冀旅游发展一体化战略，他们与北京市相关部门就北京国际青年营达拉特旗营地建设、全旗形象宣传推广、户外徒步运动拓展三个项目签定了合作框架仪式，具体项目落地事宜正在对接当中。2016 年 9 月末派专人赴京录制了两期、时长约 80 分钟的北京广播电台专题国庆宣传节目，并于国庆期间播出。于 10 月下旬作为全自治区唯一一个旗县，单独特装展位参加了北京国际文化产业博览会，成为博览会一道独特亮丽的风景线，得到了与会各界的肯定和好评，会中接受了北京团市委和文博会新闻发布中心的专题采访，对独特的历史文化与自然景观做了全方位推广，形成了题为《生态好了、候鸟来了、游客来了》的专题报道。报道在中国文创产业对话官方平台、人民网、新华网等官方微博、主流媒体发布后，产生了良好的社会反响。与此同时，纸质宣传资料已全面投放西城区辖区内 15 个旅游咨询服务中心，视频宣传片已在西城区旅游网站和西城区内人员密集场所分布的 20 个旅游触摸屏上滚动播出，产生了良好的社会反响。

过去的 2016 年，全旗累计接待游客 188 万人，收入 61.5 亿元，同比分别增长 29% 和 30%，旅游人数和旅游收入均创历史新高，预期目标有望全面完成。

第十二章

沙漠变绿洲，要全社会协同作战

沙漠是人类的公敌，它的肆虐给人们带来不尽灾难。它埋掉房屋，侵吞牧场，淹埋农田，污染空气，它的罪恶，一言难尽。严重影响着社会的经济发展，交通运输，农牧民致富，文明进步，甚至拖拉着国富民强的前进步伐。

许多年前，一盘散沙般生活在荒漠里的达拉特人是畏惧沙漠的。他们觉得自己生活在这么恶劣环境中，是命里注定的，是老天爷的安排。所以，听天由命，不去与沙漠抗争。偶有人家在房前屋后栽种几棵树，也只是为了乘凉，作地标，根本不敢去触动大面积的沙漠。

中华人民共和国成立后，人们走上了集体化道路，利益、命运和前途把众人聚集在一起，更重要的是，人们团结起来了，力量大了，有组织地向沙漠开战。

起初，由于认识、觉悟、生产力，还有科学技术的制约，治沙进度缓慢，收效微乎其微。尤其在十年浩劫中，在“我们也有两只手，不吃国家亏心粮”的错误口号指导下，大面积地开荒种地，广种薄收，不说新的生态建设，把原来的农田和草牧场也都破坏了。

党的十一届三中全会以后，达拉特旗依靠党的改革开放，西部大开发，科学发展观等一系列政策，因地制宜地制定了适合当地自

然条件的切实可行的政策和法规，有力地推动了植树造林，改造沙漠群众运动向纵深发展。过去参加治理沙漠的人群中，直接受益者多，靠行政指令发动起来的多。随着宣传工作的加强，人们充分认识到沙漠的危害，切切实实地看到治沙的益处，治理沙漠是全人类的共同责任与义务，达拉特旗各族各界人民群众，都自觉地参加到植树

白云飞摄

造林，改造沙漠运动中来，使改造沙漠的队伍日趋壮大，效益越来越大。

民族团结促进了生态建设

达拉特旗和内蒙古其他地区一样，是以蒙古族为主体、汉族占多数的民族地区。在改造沙漠、建设生态的群众运动中，蒙汉族人民团结一心，携手奋战，是一项必不可少的内容。于是，我找旗民委主任訾铁柱同志了解这方面的情况。訾主任对我说，以民族团结促进治理沙漠，带领农牧民走上致富道路，展旦召苏木展旦召嘎查党支部兰七十六同志是个典型。

展旦召苏木，位于库布其沙漠北部边缘，总人口一千三百多，蒙古族占一半，是达拉特旗蒙古族人口较为集中的地区。

在訾主任带领下，我去见兰七十六。

兰书记刚到六十岁，显得有些苍老，但他双眼有神，也很健谈。个头高大，浓眉大眼，是个典型的蒙古汉子。

了解到兰书记的身世，恐怕我们每个人都在同情他、怜悯他的同时，更多的是为他感到庆幸，也赞美他以赤子之心回报党和政府，感恩图报，把情感倾注到这片热土，报答亲人和社会的养育之恩。

20 世纪 50 年代末，全国各地都在闹“粮荒”，江南地区更是人稠地少粮紧缺，许多家庭将年幼子女遗弃到大城市，兰七十六就是被遗弃在上海市的一个，庆幸的是他被当时的上海市育儿院收养，由于弃婴数量与日俱增，而食物供应日益缺乏，3000 多名婴幼儿时刻面临着夭亡的威胁。时任内蒙古党委第一书记的乌兰夫同志得知情况后，主动请示中央，将这批孤儿接送到内蒙古自治区千余户农牧民家庭抚养。当时，他们被统称为“上海孤儿”。兰书记则被展旦召嘎查的一户蒙古族牧民收养。从此，这位来自上海的孤儿便在草原上开始了新的人生，在这里成长、学习、工作……

兰七十六（右）与民委主任訾铁柱

据他本人后来回忆，就在他 18 岁正在当时伊克昭盟民族中学读高一期间，突然收到一份来自上海的信，写信人自称是他的生身父亲。信上说当年抛弃他是因为家里生活极度困难，子女太多，养活不起。后来，经济发展了，家庭富裕了，生父为寻找他，与上海、内蒙古地区政府多方联系，辗转得到了他现在的地址，希望他能回上海团聚……此时的他，陷入了深深的痛苦之中。因为，回到上海，就意味着再回来的可能性几乎为零。一边是养育了自己十几年的养父母，恩重如山；一边是生父来信盼儿早日回归。最后，他提笔含泪给生父回了封信，大概内容是他早已习惯了草原的生活、闻惯了草原的芬芳、看惯了草原雄鹰展翅翱翔……而大上海，对他来讲完全是一个陌生的世界……因此，他决意根植草原，勿念！也是这段经历，更坚定了他扎根草原、奉献家乡、造福乡亲的信念。

在鄂尔多斯市蒙古族中学读完高中，兰七十六回到了养育他的展旦召。2000年，有着高中文化的他被推选为嘎查长，2003年兼任嘎查党支部书记。

展旦召地处沙漠边缘，耕地有限，牧民们还过着传统的种养殖生活，生活水平并不高。作为党支部书记的他深知责任重大。如何带领大家走上富裕之路成为他的首要问题。他根据展旦召嘎查的实际情况，确定了发展思路：一是因势利导，把发展民族经济作为民族工作的突破口；二是转变传统种养殖方式，努力提高种养殖效益；三是依托旅游资源，发展第三产业，实现共同富裕。

首先，兰书记认为要做好各项工作，学习和掌握党的民族政策理论和法律法规是重要的前提，他组织班子成员认真学习了党的民族方针、政策和理论以及各项法律法规。通过多方面的学习，加强了班子队伍建设，提高了村委的综合活力，为搞好各项工作奠定了良好的政治理论基础。兰书记狠抓班子建设，夯实发展基础。他先后建立健全了《两委会议事制度》、《村务公开制度》、《村民议事制度》等多项制度。这些制度在具体实施过程中，使村委会在依法行使民主管理的同时赢得了群众的支持，促进了两委会关系的协调和嘎查的发展。

其次，加强了嘎查基础设施建设，进一步提高农牧民生活环境。他积极争取上级资金180多万元，为嘎查修路19.3公里，打深水井

3 眼，铺设自来水管道 1 万余米。还投资 1 万余元，建起了有线电视接收设施，丰富了当地农牧民的文化生活。2003 年，他争取到了“五户联保”贷款项目，先后为养殖户提供了 20 多万元的贷款。成立了白绒山羊养殖协会，为牧民提供技术、管理、销售服务，建起了 4 个养殖小区，入区养殖户达 150 余户，小区绒山羊存栏数达到了 8000 多只。全嘎查种植制种玉米 5800 亩，饲草种植面积达到了 8200 亩。根据展旦召嘎查得天独厚的条件，打造紫花苜蓿种植园区，通过种植松树、芦笋加快展旦召嘎查种养殖业快速发展。

2010 年，兰书记组织“两委”积极争取，得到市旗有关领导的高度重视，建成了展旦召嘎查活动阵地，新建村委会占地面积 13000 多平方米，建筑面积 900 多平方米，投资近 700 万元，这一阵地不仅大大改善了嘎查“两委”办公条件，同时也为丰富农牧民的业余生活提供了一个良好的平台。

展旦召嘎查的交通和资源优势凸显，境内有独特的大漠风光、湿地草原、文物古迹等名胜景点及千百年来形成的神秘而悠久的蒙元历史文化，为嘎查全力发展现代旅游服务业奠定了坚实的自然和人文基础。

兰七十六瞄准展旦召靠近包头市、东胜区、达拉特旗的近城优势，转变观念及经济发展方式，按照“特色种养富村、旅游产业强村”的发展思路，提出打造展旦召嘎查一小时近城旅游区，展旦召嘎查有史以来最重大的一次变革拉开帷幕。之后，诸如明禾集团、明悦星都旅业公司等多家企业入驻该嘎查，大力开发精品旅游项目，旅游产业主体实现了从无到有，从小到大，从单一到多元的蜕变。

逐步形成了以响沙湾——库布其——银肯塔拉为主线，以展旦召庙、塔尔召庙、窝阔台陵、邦成马文化产业园区、额林滩草原、紫花苜蓿基地等多个景点于一体的“一线多点”的大旅游格局。近几年，各大景区、园区共计吸纳了500多名农村牧区剩余劳动力，带动了周边120户农牧户依托企业通过经营驼队、马队、民族饰品超市、“农家乐”、“牧家乐”等旅游服务项目。据不完全统计，旅游区内经营户及打工者年均增收2万余元。

如今，已过花甲之年的兰七十六，依然为这片他深爱着的土地献计献策、出汗出力，亲戚朋友都奉劝他该歇歇了，但他总是嘿嘿一笑，没人理解他在想什么……用他的话来讲：“这才到哪，路还长着呢。”

多年来，兰七十六带领展旦召蒙汉农牧民植树造林，改造沙漠，种植宽200多米，长20多公里的锁边林，大搞草牧场和农田基本建，改善农牧业生产条件，使农牧民走上了致富的道路。如今，展旦召人均年收入已近三万元。兰七十六受到村民们的拥戴，先后评为鄂尔多斯市、内蒙古自治区“民族团结先进个人”。

人民军队举托一片军绿

在每年的植树造林季节里，总有一支特殊人群活跃在改造沙漠第一线上。他们是达拉特旗武装部的官兵，以及基层民兵。他们几十年如一日，发扬人民军队不怕苦、不怕累的风格，为达拉特大地旧貌换新颜做出了可喜的贡献。

每年的四月，是达拉特的狂风大作，沙尘弥漫的季节，也是植树造林的良好时日。这一天，由达拉特旗人武部官兵和全旗各苏木乡镇专武干部、基干民兵共二百来人组成的队伍挺进漫漫沙海。他们身穿迷彩服，肩扛铁锹苗条，在时任武装部王占荣部长的带领下，进驻了展旦召苏木巴音嘎查乌库社。他们要在库布其大漠打一场硬仗——栽种万亩治沙林，让军绿染遍万亩黄沙。他们在万亩造林基地打出鲜红的大会战标语："治沙绿化，再造秀美山川！"

每天，他们从早上七点钟一直干到下午四点钟，一天只吃两顿饭。部长、政委和战士、民兵一起挥汗植树，他们顶着风沙，忍着饥饿，受着劳累，在荒凉的沙漠中栽下一排排迎风挺立的小树。东西两里宽的造林带一直向南推进，沙枣、沙柳、杨树等小树苗不断向沙漠腹地延伸。

风沙天天刮，但是战士和民兵们没有一个人喊累掉队。他们的脸庞黝黑、嘴唇干裂、手掌上的血泡重叠，但是他们征服沙漠的豪情不减。

人武部部长王占荣就实施万亩治沙造林战略说；这是按照鄂尔多斯市军分区"115"工程的整体部署而采取的全旗民兵造林行动。这次治沙造林大会战实行军事化管理，把民兵的军事训练和当地植树造林、生态建设工程结合起来，让民兵在关键时刻真正能够拉得出，用得上，起作用。通过艰苦的训练，严格的要求，培养民兵不怕艰险、敢于吃苦的精神，让他们在西部大开发和生态建设中起到示范、带动、突击作用，成为全旗治沙造林的标兵。万亩林的建设要达到四个效益：即生态效益、军事效益、社会效益和经济效益，留一片绿色，让当地人民受益，造福子孙后代。

达拉特旗人武部实行的在生态建设中练兵用兵的军事思想，这是新时期民兵训练的大胆创新。

穿行在他们栽种的林地中，可以感受到那种军事化管理的严厉和认真，他们栽下的每一棵树都严格按照林业技术人员的要求来做，实行分片种植，责任到班，最后进行质量检查，只要有一棵树不合要求，也要重新返工或补栽。他们对自己的要求是：栽一棵，活一棵。

战士和民兵们分散住在乌库社20户居民家里，没有炕就打地铺。他们吃的也非常简单。他们吃完饭就给住户扫院子，担水，喂牲口。军民关系非常融洽。

人武部组织全旗民兵在展旦召苏木进行万亩林大会战的行动感动了许许多多的人。旗委、政府给予高度重视和大力支持。王果青副旗长亲临造林现场慰问并和官兵、民兵一起栽树。展旦召苏木党委、政府领导和民政局领导专程赶到驻地和造林现场慰问。驻地农牧民也不断到营地看望他们。

十天大会战即将结束，他们临走时又为乌库社的农牧民栽下了一棵棵“友谊树”，给社员们房前屋后、田间地头和承包的五荒地栽下许多树苗。

每年春季万亩治沙造林大会战结束了，但是他们搭好的灶台没有拆，行军锅、床板没有拉走，秋季他们还要来，扩展改造荒漠的面积，治沙造林的行动不会结束。

在全旗人民治沙造林恢复植被的行动中，在改造库布其沙漠的行动中，万亩黄沙将被军绿染遍！

达拉特旗人武部在展旦召苏木巴音嘎查选定的万亩治沙造林基地，属于库布其沙漠腹地。此地正是展旦召苏木的风口，年平均八级以上的大风有 27 天，最多 48 天，最大风速达 28 米 / 秒。库布其沙漠的流沙每年以惊人的速度向草原移动扩展。大风卷着黄沙进入黑赖沟，每年给黄河输入大量泥沙，造成的危害无法估量。巴音嘎查的耕地和牧场逐年减少，房屋半墙被黄沙掩埋，人们苦不堪言。很多年轻人都外出谋生去了，而一旦离开这里的人都不想再回来。

让绿树环抱村庄，让荒漠披上绿装。达拉特旗人武部以党中央关于实施西部大开发战略的指示精神为指针，以植被建设为重点，以防风固沙、保护草原、保护母亲河为目的，实施营造人工林工程。万亩治沙造林基地，坚持统一规划、合理布局、因地制宜、稳步推进的原则，实行乔、灌、草相结合，依靠科学技术，治沙固沙并举，以点带面向沙漠进军。人武部每年从全旗抽调官兵民兵二百来人，艰苦奋战半个月，完成造林面积 6000 多亩，成活率达 75%以上。

每到春季，他们又开始新一轮的治理沙漠、植树造林行动。去年的灶台没有拆，去年的行军床没有搬，去年的信念没有变。这一支播绿的队伍又一次挺进了库布其沙漠！

春季雨水充足，墒情好的年头，是植树造林的好时光，他们更是干劲充沛。铲开表面一层薄薄的干沙，下面便是潮湿的土壤。良好的造林条件，让人武部官兵和民兵们信心大增，干劲十足。但是接连不断的雨雪天气和狂风，让他们吃了不少苦头。他们风雨无阻，天天坚持奋战在大漠深处，把一棵棵树苗认真地栽下去。部长王占荣、政委刘溉田每天和民兵一起吃住，同时出发，给每一名民兵增添了战胜困难的决心和力量。特别是旗党政领导率领慰问团代表全旗32万各族人民，慰问了沙漠中奋战的播绿队伍，并同民兵们冒着狂风一起植树造林，激发了军民共战荒漠，重建绿色家园的精神力量。

要说达拉特旗人武部十多天驻扎在巴音嘎查五库图仑植树造林的特点，那只能用一个字来形容："苦"。苦在住宿。民兵们分散住在农户家里和临时搭建的帐篷里。每个帐篷里都是两排木板做床，每排挤着五六个人。十五天，狂风、飞沙、雨雪、寒冷轮番侵袭。帐篷几次被狂风掀翻，被雨雪淋湿。一夜不能安心睡觉，第二天仍旧要早早出发。他们都饱尝着这种"苦"，但是没有一个人叫苦，他们默默地承受着、抵御着、奋斗着，因为他们心中装着一片"军绿"。苦在饮食。虽然人武部针对恶劣环境想了种种办法，搭起一个供吃饭用的大帐篷，不过也只能挡挡风雨，里面只简单放着许多木板，吃饭的时候大家席地而坐，每人端碗饭围着中间的一盘菜。没有帐篷，吃饭时候屋里坐不下，人们只好端着碗顶着风在院里随便找个地方或站或蹲。这是真正的"风餐"。苦在风沙。十五天里几乎没有间断刮风下雨。狂风刮起的时候，平静的库布其沙漠咆哮着，翻滚着，天昏地暗。植树的民兵睁不开眼睛，嘴巴里、鼻孔里、耳孔里、眼角里塞满了沙尘。他们没有退缩，依然肩扛树苗，手提铁锹，奋战在沙漠里。如此恶劣的自然环境，如此恶劣的生活条件，并没有改变达拉特旗人武部部长、政委和党委一班人的决心，并没有减弱他们向库布其沙漠进军的豪情壮志，并没有阻止他们奋进的脚步。王占荣部长说，植树造林，与风沙作战，是在生态建设中实现练兵用兵，是培养民兵坚强的意志和吃苦耐劳的作风。刘溉田政委自豪地说，我们用十五天时间植树 60 余万株，造林面积达 1.5 万亩。两年植树造林总面积达 2.1 万亩。

沙漠腹地出现了 10 公里长、2 公里宽的漫长林带，绿色已成了这里的主色调，沙漠那单调的黄色正在逐步减弱。绿色取代黄色，标志着过去库布其大漠这条肆无忌惮的“苍龙”将被缚住，变成绿洲。望着眼前这郁郁苍苍的绿色林带，人们更加坚信“建设绿色家园，再现秀美山川”的宏伟蓝图必定会成为现实。

达拉特旗人武部部长王占荣指着漫长的绿色林带，掩饰不住自

贾成钰摄

豪的神情说道：“这是我们苦战两年的成果啊！这每一棵树木，每一片绿叶，都是我们战风沙、斗严寒用心血和汗水换来的啊！看着这绿色林带，真让人高兴！”

达旗人武部从 2002 年 4 月开始在展旦召苏木巴音嘎查选定万亩治沙造林基地，将第一面红旗插在浩瀚的库布其沙漠腹地，从此，他们坚持不懈地连续两年进军沙漠，植树播绿，治理荒漠。达拉特旗人武部以党中央关于实施西部大开发战略的指示精神和“十六大”精神为指针，以植被建设为重点，以防风固沙、保护草原、保护母亲河为目的，实行营造人工林建设工程。万亩治沙造林基地，坚持统一规划、合理布局、因地制宜、稳步推进的原则，实行乔、灌、草相结合；依靠科学技术，治沙固沙并举；以点带面向沙漠的深度和广度进军。

每次植树归来，民兵们一个个身体消瘦了，脸庞晒黑了，但是在他们身后留下了迎风挺立的树苗，留下了他们改造沙漠、造福后人的绿荫。如此恶劣的自然环境，如此恶劣的生活条件，并没有改变达拉特旗人武部党委一班人的坚定决心，并没有改变他们向库布其沙漠进军的豪情壮志，并没有阻止他们奋进的脚步。王占荣部长说：“植树造林，与风沙作战，是在生态建设中实现练兵用兵，培养民兵坚强的意志和吃苦耐劳的作风。万亩治沙造林基地集生态、军事、社会、经济效益于一体，成为以劳养武的基地，成为带动当地农牧民脱贫致富奔小康的示范区和治理库布其沙漠的示范区，从而让这个地方绿起来，富起来，让全旗的民兵强起来。”

治理沙漠需要国际合作

荒漠化现象和气候变暖已成为全球性问题。中国第七大沙漠——库布其沙漠，是造成华北地区扬沙天气和沙尘暴的主要沙源地之一。随着经济的发展，环境的不断恶化，环保领域的利益关联度日益提升。环保无国界，防治沙漠化需广泛的国际合作。近年来，日本、韩国许多热心人士关注库布其沙漠，并且有很多组织积极争先捐资造林。这些项目的实施有助于落实国际间首脑关于防治沙漠化方面所达成的共识，拓展中日、中韩在环保领域的共同利益，体现了中、日、韩三国对环保的共同责任。同时这些项目的实施为进一步推动中日、中韩之间的国际关系和青年之间友好交流搭建了一个良好的平台。

从 1995 年开始，在团中央和全国青联的高度重视和关怀下，在地方各级人民政府的大力支持下，达拉特旗青年联合会与日本青年团协议会合作共同实施创建“中日青年沙漠绿化基地”；2000 年又与日本驻华使馆合作实施“利民工程”——柳沟河护岸林和吉格斯太扶贫林；2001 年，达拉特旗青联与日本青年团协议会共同争取的“小渊基金”立项后，共同创建了“中日青年库布其沙漠生态防护林”项目一直延续至今：2009 年，达拉特旗青联与日本能力开发协会又共同创建了“中日青年内蒙古沙漠化防止示范林”项目：到 2014 年，继日本能力开发协会后，达旗青联与日本国际志愿者协会继续实施“中日青年内蒙古沙漠化防止示范林”项目一直延续至今。

经过二十几年的努力，中日两国青年已经在库布其沙漠累计植树近674多万株，造林面积2438多公顷。项目区历年所栽植苗木均通过了国家林业局验收，平均成活率达到85%以上，为中国北方的沙漠治理树立了典范。目前已在库布其沙漠东北部建成了一条长期有效的防护林带，对保护当地生态环境，改善当地群众生活环境发挥着极大的作用。

项目实施以来，先后接待日方环保植树团体近162批次，人数累计达3350多人。通过日方青年与中国青年团体之间相互友好植树活动，为两国青年之间友好交流搭建了一个良好的平台。

中韩两国一衣带水，具有悠久历史和渊远流长的友好关系。近年来两国青少年的交流日渐频繁，尤以韩国前驻华大使权丙铉所领衔的韩·中文化青少年协会为代表的组织在中国各地多次开展生态环保和科技文化交流等活动，为两国青年搭建了广阔的交流平台。

项目实施至今，在团中央、全国青联和国家林业局的高度重视和支持下，先后得到了韩国绿色资金事业团、山林厅、SK集团、大韩航空集团、MISS-KOREA、MBC、韩国国际协力团、京畿道、庆尚南道、环境技术院、新秀丽、GKL等多家韩国机构和企业的资助，共同在库布其沙漠腹地解柴线两侧营造出了一条长达十几公里的绿色林带，形成了一条贯穿库布其沙漠南北的一条重要的绿色通道。经过几年的努力，中韩青年在库布其沙漠累计植树780余万株，造林约1918多公顷，历年栽植苗木均通过相关机构的验收，成活率达到85％以上。

在完成造林作业的同时，达旗青联积极号召当地青年参与各项环保活动，组织达拉特旗各中小学、青年文明号单位、旗直机关干部等社会团体、企业和青年志愿者践行环保，参与中日韩青年环保交流100多次，开展各类环保活动200多次，累计参与活动人数7000多人。全面发展绿色事业，提高青年少环保意识，深入开展青少年国际交流，为库布其绿化环保工作不断努力。

我们谈到这些改造库布其沙漠的成果，不得不提洪桂梅同志。洪桂梅，女，满族，是中国国际青年交流中心副主任；全国青联国际项目合作中心基金部部长、主任助理、中国青年实业发展促进会副秘书长，是中韩防治沙漠化委员会办公室主任。这一切活动，都是在她的联络、组织下做出来的。

20世纪90年代初期，作为共青团中央国际联络部的外事干部，年仅24岁的洪桂梅陪同外国友人，一起来到库布其沙漠植树。“那是我第一次在沙漠里看到志愿者们植树的情景：树苗是他们自己带来的，植树点没有水源，只能用大卡车到很远的地方去拉。当时没有路，所有人站成一排，一桶一桶地传递，直到浇完每棵树苗。这一幕非常打动我，从此就与这片沙漠结了缘。”洪桂梅说。

那次陪团植树活动结束后，洪桂梅便开始了她的绿色事业。

20多年来她争取国际资金，携手日韩友好团体、志愿者，支持库布其沙漠防治荒漠化，因为她对这片沙漠的执着和热爱，对绿色生态的美丽向往，用信念、用情怀、用责任一直坚守在这片沙漠上。

90年代初，洪桂梅大学刚毕业，带着青春的梦想，走向沙漠，转瞬之间24个年头了，当年条件非常艰苦，库布齐没有一丝绿色，一眼望去金黄一片，全是沙漠。当地也没有今天这样像样的住宿条件，当年最好的酒店是达拉特旗宾馆，但房间卫生间没水也是常事，

洪桂梅（左二）

晚上大家只能穿着衣服睡觉，因为没有窗帘儿，洗澡就更不用说了。这样的条件下，她和日本青年团协议会的朋友们坚持了下来，从当年每年植树3万棵到现在每年植树几十万棵；韩国朋友也来了，白发苍苍的韩国前驻华大使权丙铉带着志愿者十年来一直拼搏在沙漠上，昔日沙漠变成了绿洲，草场植被在逐渐恢复，野兔野鸡到处跑，绿色长城初见规模，人们也看到了原来沙漠已成绿色海洋，绿化面积已达9万亩，植树1700多万株。固沙面积达几十万亩。周边生态效益开始突显，共青生态园树地周边已经有居民回迁，很多项目都依托绿化成果，周边开始做旅游了，出现了银肯塔拉旅游区，高速公路也从项目区穿过……

当初是与日青协团工作上的被动参与，那么最近这20年应该是自己主动积极地投身环保建设了。洪桂梅经常和同事开玩笑说：我们真的有战略眼光，90年代初我们就开始从事环保绿化事业了，更难能可贵的是我们无论经历多少酸甜苦辣、风风雨雨从来没有离开过这项事业，离开过这片沙漠，一直像呵护自己生命一样呵护着它，当我走进共青生态园、走过解柴公路线看到那郁郁葱葱的树木、一道道沙障，那是一种实实在在的成就感，我可以如数家珍地向你介绍每一片树林的栽植过程和成长记忆，它们就像我的孩子，二十几年来一点一点用心血和精力把它养大，真的舍不得离开它，我认为这是一项有生命力的事业、高尚的事业，是我热爱的事业，人的一生很难得有一项让你自己和你自己喜欢的人在一起做你喜欢做的事，做对社会有意义的事。我真的感觉在库布齐沙漠绿化植树就是我一生中最有意义的事情！库布其已经成为我生命中最重要的存在，无论走到天涯海角，我也总不能相忘，这里有我付出的青春和我亲历的所有绿色记忆。最后我想说，让沙漠和绿树陪伴我的过去现在和未来吧，当我老去的那一天，请把我埋葬在这里！听了洪桂梅的这段话，人们无不动容。

洪桂梅是中国国际青年交流中心副主任，多年致力于共青团青年公益事业，被评为“全国绿化劳动模范”。她还另有一个很响亮的名头——“嫁给沙漠的女人”。

第十三章

金色变绿色，达拉特前程似锦

本篇接近尾声时，我又想起奇·达楞太旗长对达拉特旗国民经济比改革之初翻了915倍的诠释。

任何一个地区的经济发展，不可能没有一点障碍，一切都十全十美，顺风顺水。只有不断地与天斗，与地斗，改善自然和生产条件，才能有持续发展。达拉特旗持续多年开展群众性植树造林运动，改造库布其沙漠，变害为利的事实就说明了这个道理。

达拉特旗虽然有库布其沙漠危害，却也有历史文化、地理位置、矿产资源优势。达拉特旗全旗地势南高北低，呈阶梯状，俗有“五梁、三沙、二份滩”之称，南部为丘陵沟壑区，矿藏丰富；中部为库布齐沙漠区，宜林宜牧；北部为黄河冲积平原，是国家商品粮基地和现代农业示范区。

达拉特历史悠久。古为“骑射之地、游牧之所”，早在7万年前，古“河套人”就在这片广袤的土地上繁衍生息。

达拉特文化底蕴深厚。蒙元文化、黄河文化、农耕文化、西口文化在这里交融发展，境内有闻名全国的响沙湾、恩格贝等旅游景区和秦直道、昭君坟等名胜古迹。

达拉特资源富集。煤炭资源探明储量 100 亿吨，预测储量 322 亿吨；芒硝储量居世界第一，探明储量 68 亿吨，远景储量 100 亿吨；石英砂品位为全国同类矿产之首，储量大、埋藏浅，探明储量 4720 万吨，预测储量 8000 万吨。

达拉特区位优势明显。地处呼包鄂“金三角”腹地，210 国道、包茂高速、沿黄公路和包神铁路、包西铁路、沿河铁路等交通主干道贯穿全境，形成“三横五纵”公路交通网和“一横二纵”铁路交通网，距离包头机场 22 公里、鄂尔多斯机场 100 公里、呼和浩特机场 150 公里，能够有效辐射“呼包鄂”“晋陕宁”“京津冀”等地区。

达拉特投资环境优越。水电路讯等基础设施完善，土地、能源、劳动力资源丰富，森林覆盖率、植被覆盖度达到 29.2% 和 78.8%，黄河过境 190 公里，地下水、黄河水、地表水年可用水量 6.3 亿立方米，资源与区位组合条件良好，具备发展大工业的优越条件，是发达地区产业转移的理想地区之一。

达拉特产业基础雄厚。农牧业方面。实施高效节水农业项目 110 万亩，综合机械化水平达到 92.5%；全旗土地流转率达到 40%，企业集中规模经营土地面积达到 40 万亩；完成生态建设 250 万亩，水土流失治理面积 314.64 千公顷。粮食产量连续 12 年稳定在 10 亿斤以上，荣获“全国粮食生产先进单位”称号，是国家千亿斤粮食

增产示范基地。蔬菜、乳肉、牧草等基地初具规模，种植蔬菜瓜果13万亩、优质苜蓿24万亩、青贮玉米15万亩、水稻2万亩，建成各类养殖场和养殖园区331个，奶牛、生猪、肉羊、獭兔存栏量分别达到6万头、25万口、120万只和500万只，水产养殖面积近2万亩。“风水梁獭兔”成为全旗首个农产品国家地理标志，拥有知名商标20个，其中著名10个、驰名2个。现有市级涉农龙头企业35家、自治区级涉农龙头企业8家、国家级涉农龙头企业2家、各类农业合作社1307家、家庭农牧场500家，直接从事规模化种养的

贾成钰摄

企业、合作社和大户达1000多家，年销售收入100万元以上的农畜产品加工企业、500万元以上流通企业分别达到18家和43家，先后引进伊利、赛科星、正时等大型涉农企业，农牧业规模化、产业化和品牌化发展进程明显加快。工业方面。坚持以结构调整、产业转型为主线，以提升产业活力、促进产业集群集聚发展为重点，全力推进园区和项目建设，工业经济综合实力显著增强，产业核心竞争力明显提升。按照打造产值超千亿元的现代工业园区目标，编制完成工业园区规划和22平方公里铝产业园区规划，达拉特经济开发区建成面积73平方公里，累计完成水、电、路、讯等基础设施投资近40亿元，园区综合承载能力不断增强，共引进项目108个，其中建成投产52个，在建29个，拟建9个，先后被确定为内蒙古“工业十强开发区”、沿黄沿线经济带重点开发区、承接产业转移示范园区、高层次人才创新创业基地和自治区新型工业化产业示范基地，2016年被确定为国家首批增量配电业务改革试点园区。按照立足煤、延伸煤、超越煤的思路，延伸产业链条，发展

清洁能源化工，初步形成了煤电、化工、冶金、建材、高新技术为主导的产业集群。构筑以煤炭—电力、煤炭—电力—化工为主的核心产业链，建成煤矿 29 座，电力总装机达到 424 万千瓦（火电装机 413 万千瓦、光伏装机 11 万千瓦），形成 5000 万吨煤炭、50 万吨 PVC、150 万吨甲醇、4.8 万吨黄原胶的产能，伊腾高科一期 3000 吨聚苯硫醚等一批重点项目投产。构建煤—电—铝—铝深加工—废铝回收一体化循环经济产业链，新长江 4.2 万吨高纯铝、鑫旺 80 万吨氧化铝项目建成投产。以打造集生产、研发、物流、销售于一体的建材产业集群为目标，不断扩大陶瓷、PVC、玻璃、CL 建筑材料规模，陶尔斯陶瓷、亿利 PVC 等一批重点项目建成投产。现代服务业方面。坚持把文化旅游业作为发展现代服务业的突破口，作为经济转型的主攻方向，围绕建设“沙漠度假天堂、户外运动乐园和乡村旅游胜地”

目标，加快旅游业转型发展，全力打造沙漠休闲旅游带、黄河风情旅游带、草原休闲观光带、农耕旅游观光带和历史文化特色旅游区“四带一区”产业发展格局。大力加强响沙湾、恩格贝、万通等景区基础设施建设，建成5A级景区响沙湾，4A级景区恩格贝、释尼召、银肯塔拉、万通生态旅游区、吉祥福聚寺，3A级景区库布其、昭君城、窝阔台，是自治区A级景区最多的旗县；兴昌渔村被评为中国乡村旅游模范户；在建及规划建设景区2个，分别为邦成马文化产业园区和王爱召文化旅游区。2016年接待游客188万人次，实现旅游收入64.3亿元，分别增长24%和30%。推进文化旅游融合发展，天河等文化产业园建设进展顺利，文化传媒、演艺影视等产业业态正在兴起，响沙湾、恩格贝分别成为国家、内蒙古文化产业示范基地。

近年来，达拉特旗在自治区、市党委政府的坚强领导下，抢抓西部大开发、国家能源战略西移、“呼包鄂”协同发展等一系列重大机遇，按照“创新引领、艰苦创业、凝心聚力、绿色崛起”总体要求，主动适应经济发展新常态，牢牢把握稳中求进工作总基调，全力稳增长、调结构、促改革、惠民生、防风险，全旗呈现出经济平稳发展、改革有序推进、民生持续改善、社会和谐稳定的良好局面。2016年，完成地区生产总值490.8亿元，同比增长7.1%；公共财政预算收入22.3亿元，增长4.3%；固定资产投资240.8亿元，增长12.1%；社会消费品零售总额64.7亿元，增长11.3%；城乡常住居民人均可支配收入36403元和15359元，增长7.5%和7.1%。先后被确定为自治区“扩权强县”试点、全国第二批“农村改革试验区”、第三批“国家现代农业示范区”和“中国旅游品牌示范基地”，荣获“自治区文明城市”、“全国科技进步先进县”和“科普示范县”称号，荣膺2016中国县域经济“旅游魅力县”和“投资潜力县”，成为“全国电商进农村综合示范县”和“自治区金融支持县域经济发展试点旗”。

下一步，是达拉特旗推进转型发展、创新创业的攻坚时期。达拉特旗将认真贯彻落实中央、自治区、市各项决策部署，牢固树立创新、协调、开放、绿色、共享“五大发展理念”，紧紧围绕“七网七业七新”，按照“创新引领、艰苦创业、凝心聚力、绿色崛起”总体要求，加快打造“一个先导区（沙漠经济先导区）、三个示范区（全区农村综合改革示范区、呼包鄂协同发展示范区、全市转型发展示范区）、四个大基地（新型工业化基地，北纬40度、黄河几字湾健康安全绿色农畜产品生产加工输出基地，文化旅游休闲度假基地，现代物流集散基地）”，建设呼包鄂城市群富有鲜明特色的生态宜居宜业宜游之城，力争到2020年，实现“五个翻番、一个全面建成”。“五个翻番”即地区生产总值年均增长7.5%，达到682亿元，较2010年翻一番以上；公共财政预算收入年均增长5%，达到27.3亿元，较2010年翻一番以上；固定资产投资年均增长10%，累计完成1400亿元，较2010年翻一番以上；城乡常住居民人均可支配收入年均分别增长8%和10%，达到49988元和23399元，较2010年翻一番以上。“一个全面建成”即全面建成较高质量小康社会。

美丽达拉特令人赞叹，令人向往。请欣赏文川作词、贺继成作曲的《达拉特放歌》：

黄河畔啊达拉滩海海漫漫米粮川
丰收歌儿年年唱呦
世世代代耕耘甘甜
米穗弯弯沉甸甸，高粱尖尖红艳艳
啊啊哈呼咿
达拉滩啊米粮川
和谐文明我的家园
我的家园

黄河湾啊达拉滩烁烁闪闪金银川
幸福歌儿天天唱呦
祖祖辈辈收获灿烂
米酒黄黄浓酽酽山曲弯弯情绵绵
啊啊哈呼咿
达拉滩金银川
和谐文明我的家园
我的家园

我这篇文稿付梓之时，奇·达楞太同志已被组织上任命为中共达拉特旗委书记。愿他带领达拉特各民族人民继续高唱金色与绿色变奏曲，把达拉特大地装扮的更加美丽富饶，人民幸福。

后记

我这部长篇报告文学今天能与读者见面，离不开方方面面的关心和支持。本书在采访和写作过程中，得到了达拉特旗党委和政府的高度重视，得到了达拉特旗林业局的全面帮助和支持，高崇义、张来荣、郭世乐、张玉福、白永、王枝莲、周洪威、马飞、杨建龙等同志提供了文字和图片资料，在采访方面给了诸多方便。在这里表示衷心的感谢。

摄影作品来源：一，达拉特旗林业局提供；二，文中人物本人提供；三，摄影家戴东辉、白云飞、达布希拉图、贾成钰、靳晓荣、于荣刚、张步恒、苏雅拉图等朋友提供了不少自己作品。在这里，向提供图片的所有朋友们表示深切的感谢。

图书在版编目（CIP）数据

达拉特，金色与绿色变奏曲 / 乌雅泰著 .—北京：民族出版社，2017.11

ISBN 978-7-105-15142-4

Ⅰ．①达… Ⅱ．①乌… Ⅲ．①报告文学－中国－当代 Ⅳ．① I25

中国版本图书馆 CIP 数据核字（2017）第 278982 号

达拉特　金色与绿色变奏曲

著　　者：乌雅泰

策划编辑：孟　克

责任编辑：程怀庆　孟　克

责任校对：张嘉林

封面制作：胡步青

出版发行：民族出版社

地　　址：北京市和平里北街 14 号

邮　　编：100013

网　　址：http://www.mzpub.com

印　　刷：北京盛通印刷股份有限公司

经　　销：各地新华书店

版　　次：2018 年 6 月第 1 版　　2018 年 6 月北京第 1 次印刷

开　　本：787 毫米 ×1092 毫米　1/16

印　　张：14.25

定　　价：148.00 元

ISBN 978-7-105-15142-4 / I・2889（汉 2807）

该书如有印装质量问题，请与本社蒙文发行科联系退换

蒙文室电话：010-58130680　蒙文发行科电话：010-58130904